AF444367

OPINIONES QUE NO LE IMPORTAN A NADIE

Enrique Gallud Jardiel

OPINIONES QUE NO LE IMPORTAN A NADIE

NOTA LIMINAR

Las preguntas a las que contesto y que me dan oportunidad de contar mis opiniones sobre muchas cosas a gentes que no me las han pedido en absoluto me las han formulado unos excelentes amigos, escritores casi todos ellos, a los que expreso aquí mi agradecimiento y a los que pido disculpas por no mencionarlos, pues como he puesto sus cuestiones en desorden para responderlas, están mezcladas las de unos y las de otros. Así es que se tendrán que conformar con este agradecimiento y con el anonimato.

Otra advertencia al lector es que las preguntas no están clasificadas por temas, como habría sido lo óptimo. Podría aducir varias razones espurias por las que no lo he hecho así: para dar variedad, por seguir un orden temporal o cualquier otra excusa. Esto no es verdad. No las he agrupado simplemente por pereza. Espero que a aquellos que hayan demostrado algún interés por el contenido de este libro les dé exactamente igual esta peculiaridad y tengan la suficiente agilidad mental para que no les importe que ellos y yo vayamos saltando alegremente de un tema a otro durante el transcurso de la lectura de estas páginas.

Diciembre de 2022.

¿A dónde vamos?

A hacer gárgaras y a quedarnos sin planeta, porque somos una especie muy nociva. En su novela *La rebelión de Atlas*, Ayn Rand hace que un personaje le pregunte a otro: «—Señor D'Anconia: ¿qué va a pasarle al mundo?» Y el otro responde: «—Exactamente lo que se merece». No es muy alentador, pero te hace conformarte con la justicia cósmica.

¿A qué crees que obedece que el humor sea un bien cada vez más escaso si con sentido del humor se vive mejor?

Hay varias razones. El humor apela a la inteligencia —el bruto no ríe— y está demostrado que cada vez somos más tontos y que dominamos menos el arte de la adaptación. Además, las pretensiones de vivir cada vez mejor en «estados del bienestar» nos hacen crear expectativas desmedidas y cuando no estamos todo lo bien que quisiéramos estar, nos enfadamos y, con enfado, no es posible el humor. Por añadidura, hay una tendencia literaria dirigida a la exaltación de lo dramático.

¿A qué obedece la buena mala salud del teatro?

El teatro no puede perecer nunca, porque su propio carácter hace que todos lo queramos consumir, en forma directa o en sus sucedáneos cinematográficos o televisivos. Pero se pasa de vez en cuando por malos momentos. Hay poca producción original y, a la vez, pocas oportunidades para los nuevos autores. Oscilamos entre las grandes producciones musicales y las obras alternativas de pocos personajes, poca duración y costes muy baratos, por no hablar de las concatenaciones de chistes que se convierten en monólogos y se presentan como obras teatrales de pleno derecho, cosa que no son. Además, muchos jóvenes piensan que el teatro es aburrido, porque han visto montajes donde el afán de originalidad del adaptador o el director no ha dejado que se viera la calidad del texto original. Esto pasa mucho con los clásicos. Yo, que los amo mucho, procuro no asistir a versiones de Lope o Calderón, para no llevarme disgustos. Cuando yo era joven se emitía «Estudio 1» en la televisión, una obra a la semana, y toda España sin excepción la veía. Eso no existe ahora, por la falta de vergüenza de los que dictan las políticas culturales del país, lo que impide que se fomente el gusto por el teatro. Y, por último, el teatro es caro, hay que reconocerlo. La absurda reivindicación que se hizo en su día de la función única encareció los precios de forma drástica y privó a mucha gente de asistir a este espectáculo.

¿A quién elegirías si el *Reader's Digest* te encargara escribir uno de esos artículos sobre «un personaje inolvidable»?

A Enrique García Álvarez, un comediógrafo genial e injustamente olvidado de principios del siglo XX, que está pidiendo a gritos que alguien le devuelva la fama que merece.

¿A quién puede considerarse escritor?

A todo aquel que escribe, publique o no, venda o no. La idea de que un escritor es sólo aquel que gana dinero, la diferenciación entre el profesional y el aficionado, es algo que yo no puedo compartir en absoluto. Si el que no gana dinero con un arte no es considerado artista, entonces Van Gogh no fue pintor, porque no vendió cuadros, ni Garcilaso de la Vega fue escritor, porque no cobró nada por sus versos.

¿A quién sacarías del canon?

En cuanto a los ídolos con pies de barro que habría que sacar del canon, puede ser una cuestión subjetiva. Yo sólo puedo dar una opinión personalísima. Pero, por ejemplo, creo sinceramente que Cervantes escribía muy mal, con una prosa farragosa y sin apenas gracia, en un libro que se supone que es muy divertido. Quevedo, Lope, Calderón, Góngora o Gracián me parecen infinitamente superiores a Cervantes como escritores. Otro autor que considero sobrevalorado es James Joyce, por ejemplo. «Azorín» resulta tremendamente aburrido y Racine ya, ni te cuento. Las obras de Shakespeare son magníficas a trozos, pero generalmente tienen mucho relleno y les sobra la mitad. Al Dante, con toda su fama, no hay ya nadie que se lo lea. En general, los filólogos y los antólogos no se atreven a decir que una obra es mediocre si siempre antes se ha dicho que es muy buena. En cuanto a los lectores, muchas veces se dejan deslumbrar por las campañas de *marketing*. Yo no le encuentro sentido a que alguien lea (por poner ejemplos recientes) *La sombra del viento* o *Palmeras en la nieve* (sin querer quitarles méritos a estos libros) y no conozca ni quiera conocer ninguna novela de Balzac, de Pérez Galdós o de Herman Hesse.

¿Además de desmontar mitos, quieres ajustar cuentas con algunos literatos?

¿Ajustar cuentas o estar resentido? ¡No, al contrario! La literatura es una de las mejores cosas que existen y a ella debo miles de horas de felicidad. He dedicado mi vida a ella. ¿Por qué habría de atacarla en serio? Todo el libro no es sino una vuelta de tuerca: utilizar la literatura para disfrutar de ella de otro modo, por vía de la parodia. Los autores de los que me burlo me son muy queridos y los conozco muy bien; de otro modo no podría escribir sobre ellos o imitar su estilo. Precisamente por el amor que les tengo, con la confianza que da esa relación, les tomo el pelo.

¿Alguna vez has escrito alguna obra erótica?

El erotismo literario me aburre. Es como la descripción del placer que se puede sentir al comerse un pastel cuando se tiene hambre. Puedes escribir una gran escena con lo erótico, pero tiene poquísimo recorrido. Recuerdo un cuento corto de Delibes en donde un señor se fumaba un cigarrillo. No pasaba nada más y la descripción del momento era estupenda. Pero ¿cuántas páginas de lo mismo puedes leer? La historia de una persona cuya problemática vital se centre en el sexo es banal. Yo he escrito alguna escena erótica (en mi novela *Los dioses dormidos*) y nada más. Sí he escrito una *Historia cómica del sexo*, carente de erotismo, pues su objetivo no era excitar, sino divertir, y cuando lo miras desde fuera y sin excitación propia, el sexo y todo lo que lo rodea resultan de lo más ridículo.

¿Alguna vez has querido matar a alguien?

No.

¿Aparte de los acueductos, el alcantarillado, las carreteras, la sanidad, la enseñanza, la irrigación, el vino, los baños públicos y el orden público, qué han hecho los romanos por nosotros?

Nos han legado innumerables temas literarios, una inmensa cantera aún por explotar.

¿Bebes vino o prefieres la cerveza fresquita?

La cerveza es sana y me agradaba. Pero yo la bebía sin alcohol, porque el alcohol es nocivísmo, por más que muchos lo adoren. Mata las células cerebrales, aunque en algunos no tiene que tomarse la molestia. Pero un día descubrí que lo que me gustaba de la cerveza eran las bolitas y desde entonces pido agua con gas, con la que te dan más líquido por el mismo precio.

¿Cabe el humor inteligente en una sociedad que ha banalizado extremadamente el ocio y el humor?

Siempre ha habido humor inteligente, aunque en menor medida. El éxito de Les Luthiers lo prueba. Pero la gente, por lo general, hace, compra o aprecia lo que se le dice. Y por eso bajan los niveles de calidad. Pero si los que mandan en el asunto les ofrecen cosas buenas, las gentes las apreciarán igualmente. Y eso es lo que habría que hacer. Recomendar buenos libros en los periódicos, emitir buenas películas en la televisión y buena música en la radio. El nivel cultural de la gente subiría. Pero hay gente culta y esperamos que cada vez haya más y funcionen con un criterio propio y no con el de los que los quieren manejar para sus fines.

¿Cómo calificarías ese humor tuyo que atraviesa todas las materias de tu interés y creación?

Dentro de mi visión humorística, los géneros que más cultivo, por separado o mezclados, son la parodia y la sátira. Si tuviera que buscar un único adjetivo para mi estilo elegiría 'desmitificador', pues básicamente lo que hago es desmontar de su importancia a personas, sucesos u obras artísticas, mostrando su lado débil y humanizándolos. Generalmente no lo hago por desprecio, sino todo lo contrario: para acercarlos al lector mediante el humor. Una versión cómica de la *Divina comedia* nos hará apreciar más a Dante; si le respetamos demasiado, igual no nos atrevemos a leerlo. En cuanto a mi primer propósito al escribir es totalmente egoísta: lo hago para disfrutar yo, pues el acto de imaginar, de crear, de inventar me resulta muy divertido. Y, claro, hay un objetivo secundario: sería la culturalización, conseguir que la gente se acerque a la historia, a la literatura, a la filosofía o a cualquier otra disciplina a fuerza de hacerla simpática. El tercer objetivo es la mejora de la sociedad, por ampuloso que esto pueda parecer. *«Castigat ridendo mores»*, afirma el adagio latino: riendo corrijo las costumbres. El humor, como dijo Jardiel Poncela, es un desinfectante y sirve para eliminar las lacras sociales. Es el arma más eficaz de la especie humana.

¿Cómo crees que va a evolucionar el tema de la llamada «corrección política», que es un atentado contra la risa y el humor? ¿Vamos a tener que buscar un nuevo planeta en el que no nos regañen continuamente?

Confío en que la moda pasará, como la de todas las inquisiciones. Veremos (o nuestros descendientes verán) tiempos mejores, pues el humor es una fuerza que no se puede parar, pues se cuela por las rendijas.

¿Cómo es el actual panorama de las letras? ¿Tendría que hacerte otra entrevista para entrar en detalles?

Para hablar del panorama actual de las letras se podrían hacer cien entrevistas o quizá no mereciera la pena hacer ni una sola. El panorama, a mi juicio, es desolador. No tenemos autores de primera fila que nos puedan servir de referente. Si a inicios del siglo XX, ante cualquier suceso, la gente se podía preguntar «¿qué piensa Ortega al respecto?», para saber la opinión de un intelectual con fundamento, ¿a quién nos podríamos dirigir hoy en día en búsqueda de orientación? En cuanto a la ficción, dudo que ninguno de los que actualmente se consideran novelistas de *best-sellers* se lean dentro de veinte años. Se ha puesto de moda una especie de novela rosa con grandes pretensiones, exageradamente descriptiva en nimiedades y sin argumentos ni personajes poderosos. El teatro vira hacia lo experimental, con piezas de pocos actores, debido a consideraciones económicas y ahorro de sueldos, y todos sabemos lo difícil que es crear obras maestras con dos personajes que se limitan a hablar en una habitación. La poesía ha perdido su estructura y el verso blanco impera sobre cualquier otra forma al tiempo que los temas se subjetivizan tanto que acaban perdiendo interés. Como ves, soy bastante pesimista.

¿Cómo es que alguien que no sabe nada de la lengua desea escribir y que lo publiquen?

Alguien puede querer ser escritor no porque le guste escribir o sepa hacerlo, sino por el *glamour* que a la profesión se le asocia. La gente piensa que para construir un puente son precisos una especialización y unos conocimientos concretos, pero que para escribir unas páginas literarias no es así, puesto que todos sabemos escribir. La literatura es una actividad altamente especializada y de la que hay que conocer muchas técnicas, recursos y procedimientos. Aparte de la calidad del contenido (que se debe al talento), la forma externa de una escrito debe cumplir una gran cantidad de requisitos para obtener una calidad mínimamente aceptable. Pero los ejemplos de personas que escriben horrorosamente y consiguen vender libros (monologuistas de televisión, etc.) sirve de acicate a muchos que piensan «Si éste lo puede hacer, yo también.»

¿Cómo es que el ser humano es capaz de defender una cosa y la contraria, creyendo sinceramente en ambas?

Cuando un ser humano defiende una cosa y luego la contraria es que no cree en absoluto en ninguna de las dos. Se miente a sí mismo ambas veces y se convence de que cree lo que en ese momento le interesa creer. Si tienes una convicción verdadera, lo más probable es que te mueras con ella, sin cambiarla, por mucho que te insistan. Si de verdad amas a los perros (es un ejemplo), ¿crees que es posible que acabes odiándolos?

¿Cómo es que los políticos se muestran tan alejados de la realidad incluso cuando hayan sido cajeras de un supermercado? ¿Existe un aire enviciado en el congreso que entontece? ¿En la cafetería del Senado la sacarina está caducada por aquello de que tienen que abaratar costes?

Creo que los políticos consideran que ellos viven en la realidad y que somos los demás los que no lo hacemos. Sus sueldos y privilegios son reales, no ficticios. Simplemente no se ocupan de nosotros porque no lo necesitan. Si los de un partido creyesen que por hacerlo mal nadie les iba a votar nunca más, se esforzarían por hacerlo mejor. Pero saben que los «suyos» les seguirán votando aunque lo hagan mal y que los «otros» no les votarán nunca aunque lo hagan bien, tal es el cainismo que padece este país.

¿Cómo escribes?

Escribo a mano y luego lo copio en el ordenador. Se me hace muy cuesta arriba corregir, aunque es imprescindible hacerlo. Sí presumiré de que la primera redacción de cualquier cosa —tras años de práctica, he de reconocerlo— me sale bastante correcta en cuanto a gramática, ortografía, puntuación y demás.

¿Cómo nos hacemos más inteligentes si leyendo nos hacemos más sabios?

Leyendo cosas buenas y meditando sobre ellas, no leyendo cualquier cosa. La inteligencia es la capacidad de relacionar, de ponderar y de medir, y eso se consigue mediante la prueba y el error. Conocemos bien aquello sobre lo que hemos pensado mucho, a lo que le hemos dado muchas vueltas y sobre lo que nos hemos equivocado varias veces antes de acertar. El error viene del prejuicio, de juzgar antes de conocer bien algo. Por eso es imprescindible pensar las cosas varias veces, leer varias veces los mismos libros, tener muchas veces la misma conversación.

¿Cómo quieres que tu cuerpo se transforme cuando esté inerte: compostaje, incineración, entierro en ataúd biodegradable, en ataúd de lujo, con ceremonia civil o religiosa, si civil, alguna petición musical o literaria?

La incineración es lo más limpio y lo que menos espacio ocupa, así es que la prefiero. En cuanto a ceremonial, no quiero ninguno. Si acaso, que pongan música estridente de esa que en las tiendas de discos llaman «pop-rock internacional», para que, si la escucho desde otro plano de existencia, se me quite cualquier gana de volver que pudiera entrarme.

¿Cómo reaccionarías si te toparas en una isla

desierta con Boris Johnson en lugar de con Viernes?

Como dice el chiste, no le dirigiría la palabra a ese tal inglés, porque los ingleses no hablan con gentes que no les hayan sido presentadas.

¿Cómo reaccionas cuando te encuentras un ricito de pelo púbico en la sopa del restaurante de lujo donde celebras tus cumpleaños?

Es que yo ni celebro mis cumpleaños ni como en restaurantes de lujo (ni tampoco le hago ascos a los pelos púbicos).

¿Cómo refutarías a los afamados expertos de la fundación Nova Historia si concluyeran que Enrique Jardiel Poncela en realidad era tan catalán como Colón, Da Vinci o santa Teresa?

La gente capaz de decir tales cosas no atiende a razones y resulta imposible dialogar con ella, con lo que probablemente le seguiría el juego y afirmaría que, en efecto, era catalán y que ganó un segundo premio en un concurso de sardanas.

¿Cómo se hace para manejar tantos registros y que todos sean hilarantes?

Los procedimientos de creación de humor son

muchos, vienen de antiguo y están estudiados. Algunos de ellos son la sátira, la desmitificación, el cambio de nivel, los anacronismos, las figuras retóricas, los juegos de palabras, los elementos absurdos y de sorpresa, los equívocos, etc. Si los conoces bien, puedes aplicarlos a cualquier género literario y conseguir e efecto deseado. Los hay de muchos niveles, porque a unas personas les hacen gracia unas cosas y a otras, les hacen gracia otras. Por ello estoy plenamente convencido de que este libro gustará sin duda al que lo lea. Está pensado para lectores muy variados y contiene comicidad de muy diversos niveles, por lo que satisfará a gustos muy diversos.

¿Cómo se lleva compaginar varios títulos tan distintos y tan relacionados entre sí?

Llevo ya muchos años escribiendo y es cierto que en ocasiones publico material anterior. Pero mi producción actual no será buena, pero es prolífica. Soy muy constante y, aunque no dedico mucho tiempo al día a escribir —unas dos o tres horas como máximo—, si lo haces a diario acaba por cundir mucho. También ha de considerarse que escribo en mi casa y en zapatillas, lo que es una gran comodidad, pero que escribo absolutamente todos los días del año, festivos y vacaciones incluidos. En cuanto a la variedad de géneros que toco, podríamos decir que la crítica literaria ha sido mi profesión y el humor mi afición. No me cuesta cambiar de registro. De hecho, hay todavía en mis cajones mucho material inédito que irá saliendo a lo largo del año, sin contar los encargos concretos que me hacen las editoriales. Y tengo muchos proyectos que me gustaría poder llevar a término.

¿Cómo ves la relación entre literatura y humor en la actualidad?

El humor siempre ha estado injustamente despreciado y la situación sigue siendo la misma. El humor no gana premios, no otorga prestigio al que lo cultiva. Hay grandes autores, aunque no muchos. En España tenemos a Eduardo Mendoza, un verdadero maestro del género. Hace poco murió el gran Tom Sharpe. Sin embargo, sigue teniendo más vigencia lo dramático, que es un género híbrido. Los griegos dividían su arte en tragedia y comedia y a ambos le daban igual valor y categoría. La tragicomedia, la mezcla de ambos elementos, es un gran invento literario. Pero lo dramático, el conmovernos con las desgracias menores, es a mi juicio, algo inferior, por lo fácil. Cualquiera puede conmoverte contándote una muerte o una enfermedad, sin que sean precisas la imaginación ni la habilidad narrativa.

¿Compras algo en las tienda de recuerdos de los museos?

Generalmente no, pero he comprado en ocasiones en El Prado reproducciones en tela de cuadros de Velázquez, por su buena calidad, y hasta los he tenido colgados en mi despacho de la universidad. Por otra parte, en esas tiendas suelen encontrarse libros de historia muy específicos que no se hallan en otros sitios, así es que esas tiendas no me parecen mala idea. Lo triste es que alguien vaya a un museo magnífico y lo único que se lleve de él sea un llavero o un taza para el café con una calcomanía de una obra de arte.

¿Con humor, se nace o se hace?

El humor es un producto de la cultura y, por ende, de la educación que recibimos de pequeños. Si nuestros padres se toman la vida muy en serio, difícilmente descubriremos el humor. Por otra parte, los procedimientos cómicos se pueden aprender, igual que aprendemos solfeo. Que luego hagamos con ellos cosas mejores o peores, sí es algo que se debe al talento innato.

¿Con qué personaje literario te identificarías?

Con Jack London, que vivió intensamente y luego escribió más intensamente todavía.

¿Con quién preferirías casarte —con permiso de tu señora y de las leyes antipoligamia—, con Charles Chaplin o con Maria Antonieta?

Maria Antonieta era cursi, pero atractiva, al parecer. O al menos se lo pareció a su amante, el conde Axel de Fersen (o Axen del Fersel, que nunca estoy seguro). A Chaplin le gustaban muy jóvenes, así es que yo ya no le apetecería como pareja.

¿Conoces algo comestible que sea de color azul? Razona la respuesta.

Probé una vez un refresco granizado azul en un parque de atracciones y puedo asegurar que no existe nada comestible que sea azul.

¿Consideras el humor como el rasgo más característico de tus obras?

El humor ha sido siempre mi norte. Ya desde pequeño prefería las lecturas humorísticas. Mi padre era actor de teatro (actor cómico) y yo me he pasado mi niñez viendo comedias. Cuando empecé a escribir en mi adolescencia, lo hice con una novela de humor de 800 páginas. Otra cosa es que los primeros libros que publiqué fueron ensayos serios sobre literatura, pero en cuanto tuve opción de publicar lo que quise, me pasé al humor y en él estoy. No reniego de mis libros anteriores ni desprecio ni mucho menos la hermenéutica literaria, pero creo que un estudio erudito sobre un autor que yo pudiera hacer habrá otra gente que pueda hacerlo igualmente y mucho mejor. Sin embargo, una obra de ficción es única y un libro cómico mío podrá ser muy malo, pero será indudablemente diferente de lo que escribiría otra persona, con lo cual creo que se enriquece mucho más el mundo literario con la creación que con la crítica.

¿Consideras que algún ser humano debería salvarse de tu criba implacable en la que, como iconoclasta, abominas de políticos, filósofos y grandes próceres de la humanidad?

Todos los seres humanos deberían quedar fuera de la criba; lo que pasa es que yo no considero a los políticos, a los filósofos ni a los próceres como seres humanos.

¿Consideras que el género teatral ha perdido empuje ante la industria del cine?

Son géneros distintos que pueden mostrar cosas distintas. Generalmente, a quienes gusta el teatro, les gusta también el cine. Obviamente, a principios del siglo XX el teatro era el entretenimiento por excelencia y el cine lo desplazó a un segundo término. Pero el teatro sigue siendo el arte originario y por ello nunca desaparecerá, por muchas crisis con las que se enfrente. El cine tiene otras virtudes y ambos convivirán perfectamente. No son enemigos el uno del otro. El verdadero enemigo tanto del cine como del teatro es la telebasura.

¿Consideras que tu abuelo era misógino por describir al género femenino como frívolo, in-

constante y escaso de inteligencia?

En absoluto. Las mujeres son más listas que los hombres. Prueba de ello es que leen más. Pero mi abuelo no era misógino: simplemente mostraba mujeres tontas en sus obras porque las mujeres listas le daban menos juego para el humor.

¿Consultas opiniones de otras personas?

No muestro mis escritos antes de publicarlos, ni pregunto opiniones. Es triste, pero cuando lo he hecho no he conseguido nada útil. Puedes someter una novela al juicio de tus amigos y te dirán que sí, que les ha gustado, pero no saben por qué. Ante la pregunta de qué cambiar o cómo mejorar, no te saben decir. Y si la entregas a un especialista, probablemente te sugerirá algún cambio con el que no estarás de acuerdo en absoluto. La literatura es algo personal y todos debemos tener nuestro estilo propio y responsabilizarnos de nuestros errores y fracasos.

¿Consumes el tabaco masticado, en pipa, en cigarrillo, rubio, negro o en colonia? No sé si fumas, pero por mencionar algo políticamente incorrecto.

Nunca he fumado. Es una práctica suicida, como las estadísticas nos demuestran. Estuve en un internado con otros trescientos chavales que fumaban todos, para presumir de mayores. Yo no lo hacía y me insultaron de todas las maneras posibles por no fumar. Yo me aguanté y ahora tengo la sensación de sentirme el más listo de todos ellos, pues me consta que varios de los compañeros a los que he seguido la pista han muerto por enfermedades del tabaquismo.

¿Cosas, noticias, actividades, ideas o historias que sean triviales para ti?

La anécdota es trivial. Las dos preguntas que la gente se hace más frecuentemente —quién se acostó con quién (lo que te cuenta la telebasura) y quién mató a quién y cómo (lo que te cuentan los informativos televisivos)— me parecen una de las peores cosas en las que se ocupa el ser humano. Nos llenan la cabeza con datos triviales para que no tengamos sitio para hacernos las preguntas que hay que hacerse. La manipulación del pueblo para que no moleste se ha hecho siempre, pero hoy en día se hace muchísimo mejor que nunca.

¿Crees en el bilingüismo? ¿Cómo te sientes en tu defensa del castellano? ¿Sientes, como alguno de nosotros, que cada vez son menos quienes luchamos por difundir la hermosura de nuestra lengua?

Yo creo en el bilingüismo sólo hasta cierto punto. Quien pretende hablar bien dos lenguas desde pequeño acaba no hablando bien ninguna de las dos. Esto es un hecho que los especialistas conocen. El estudio de una segunda lengua es esencial, pero no lo es menos el de la primera y éste no se lleva a cabo de la forma debida. Los estudios de la propia lengua

—que es algo conocido— deben ir orientados exclusivamente a la eliminación de errores y fomentarse con lecturas apropiadas. El análisis gramatical de las partes de una frase, el saber si una oración subordinada es adjetivas o adverbial o lo que sea es materia para los especialistas y algo completamente inútil para el ciudadano medio. En cuanto a la defensa de la lengua, creo que muy pocos la hacen, en serio o en cómico. La Academia, que es quien más obligación tendría de defenderla, desde luego no cumple su función.

¿Crees que el ser humano está involucionando por culpa de las nuevas tecnologías?

No del todo: involuciona en unas cosas y evoluciona en otras. Simplemente cambia. Yo creo que a peor, pero eso no lo sabremos hasta que esta revolución informática que estamos viviendo no se asiente y sepamos qué capacidades necesitaremos en el futuro. Los videojuegos de los teléfonos nos embrutecen, ¡qué duda cabe!, pero nuestros abuelos también se embrutecían jugando al tute arrastrado. No hay que idealizar el pasado. Bien es cierto que hemos vivido unos años en que parecía que la cultura se iba a generalizar, pero ha sido un espejismo. Somos tan brutos como en 1900, cuando el analfabetismo era general.

¿Crees que las personas sin humor están condenadas a una vida limitada?

Están condenadas a una vida tal limitada como puedan estarlo las personas que decidan no escuchar nunca música ni ver películas ni viajar fuera de su pueblo ni comer pasteles ni rascarse la espalda cuando les pica. No tener sentido del humor es una deficiencia educacional y cultural tremenda. Y optar por ser siempre serio es un ejercicio de vanidad imperdonable.

¿Crees que pueden ayudar las redes sociales a difundir la obra de un escritor?

Hoy en día son imprescindibles. El escritor debe tener presencia en Internet, siempre con un elemento de dignidad. Posibilitan la propaganda y, lo que es más importante, el contacto directo con los lectores. Decía Salinger que un buen libro es aquel que, al acabar de leerlo, te entran ganas de llamar al autor por teléfono. Esto ahora puede hacerse y, si el autor no es un fatuo engreído, puede contestar a un mensaje de un admirador en una red social y humanizarse de este modo. Ganará un lector fiel para el resto de su vida y le satisfará. Esta cercanía es algo maravilloso. Un gran autor del siglo XIX podía publicar una novela de éxito y tardar un año, a lo mejor, en recibir una carta de un admirador.

¿Crees, con Cicerón y conmigo, que la punción del deseo se hace más llevadera de viejo?

Por lo menos se conforma uno o se aguanta. Te puedes enamorar igualmente, pero no someterías a la persona amada al tostón de aguantar a un viejo cascarrabias.

¿Cuál crees que es el mejor camino para fusionar dos átomos de hidrógeno, crear helio y poder así almacenar energía de una forma limpia, segura y casi inagotable? No es necesario razonar la respuesta.

Para fusionar dos cosas (átomos o lo que sea) sólo existe un medio: conseguir que se unan por propia voluntad para reventar a un tercero, a un enemigo común.

¿Cuál de tus libros recuerdas casi como un fetiche?

Los libros son como los parientes, a unos los quieres más y a otros, menos. Te pueden dar alegrías o disgustos. Hay libros a los que les tengo mucho cariño porque me dieron mucho trabajo. Pero si tuviera que mencionar uno, sería mi *Historia estúpida de la literatura,* un libro de humor que supuso mi paso de lo serio a lo cómico y que de alguna manera me abrió muchas puertas para seguir publicando obras humorísticas, que es lo que más me gusta escribir y con lo que más disfruto.

¿Cuál es la combinación de tu caja fuerte, ya que dices que lo cuentas todo?

Es una fecha concreta vinculada a una figura histórica a la que admiro. No diré más, obviamente.

¿Cuál es la injuria más grave que se te ocurra dedicada a esa persona en la que estás pensando?

A un imbécil sólo se le puede decir que su imbecilidad es debida a la genética, pero que no es culpa suya, pues nadie puede elegir a sus ancestros.

¿Cuál es la primera cita célebre que se te pasa por la cabeza?

«Cuanto más conozco a los hombres, más quiero a mi perro» (Arthur Schopenhauer).

¿Cuál es la razón por la que el empirismo está tan sobrevalorado?

Porque la mente humana necesita ver la prueba, no se conforma con la teoría y con los universales. Y en las teorías se miente mucho. Cuando decimos: «Esto no me lo han contado, lo he visto yo con mis propios ojos», estamos haciendo una defensa del empirismo basada en la idea de que lo que me hayan podido contar los demás muy bien puede ser mentira y que hago mejor en no creerme nada. Hay en día estamos completamente manipulados y se nos miente más y mejor que nunca, por lo que el empirismo seguirá triunfando.

¿Cuál es, en cualquier idioma, la palabra más llena de esperanza?

'Inteligencia'; sin ella la vida es barbarie desesperanzadora. Todas las cosas buenas del mundo (la ciencia que nos facilita la vida y el arte que nos la embellece) nacen de la inteligencia.

¿Cuál te hace menos gracia de las comedias de la historia?

Cualquiera de las de Leandro Fernández de Moratín (aunque solo escribió cinco en toda su vida y dos de ellas tenían el mismo argumento). No se ha escrito cosa más ñoña en ningún país y lugar. Pero el hombre era algo así como el ministro de teatro de su tiempo y no solo colocó sus banales comedias, sino que prohibió la representación de nuestros clásicos, de Lope a Calderón, convirtiéndose en un censor literario mucho mayor que Hitler o Mao.

¿Cualidades que buscas en tus amigos?

Inteligencia y lealtad.

¿Cuándo das el consejo de «Evitar la emoción» para escribir humor, no es eso animar a ser un

poco perverso? ¿Dónde estaría el límite?

La emoción es una barrera para el humor. Tomemos el ejemplo más burdo. Podemos reír del que resbala con la piel de plátano. En cuanto le tengamos lástima, la risa desaparece. Esto no es ser malo. Debemos empatizar con los seres vivos y no reírnos de su sufrimiento, pero en ningún sitio está escrito que no nos podamos reír del sufrimiento ficticio de un personaje que no existe. Y para poder ver a este personaje en su vida ridícula o en medio de problemas, no tenemos que compadecernos de él, sino observar lo que le pasa con distanciamiento e indiferencia, porque, a fin de cuentas, a ese personaje no le pasa realmente nada, porque básicamente no existe. En cuanto al límite del humor —un aspecto muy debatido últimamente, con referencia a caricaturas que han producido violencia—, yo diría lo siguiente: puedes reírte de todo, siempre y cuando no provoques un daño real. Si tu escrito hace que alguien —reaccionando ·quizá exageradamente— haga daño a otro alguien, entonces el pacifismo impera sobre la libertad de expresión, por así decirlo. Si vas al zoo, metes la mano entre los barrotes de la jaula y le tiras de los bigotes al tigre, ya sabes a lo que te expones. El tigre puede reaccionar injusta y desmesuradamente al morderte la mano, pero tú ya lo sabías. Además, si te paras a pensar en las sensibilidades de todo el mundo, entonces no puedes escribir nada, porque siempre habrá un manchego que te diga que, si te ríes de las peripecias don Quijote, le estás ofendiendo a él en su calidad de manchego. Hemos de saber desdramatizar y reírnos de nosotros mismos y de todos los demás. Leonardo dijo que había que reírse hasta de los muertos y yo estoy con Leonardo y no con los del papel de fumar.

¿Cuántas horas crees tú que debe dormir un deportista de élite? ¿Cuántas horas crees que debe leer este mismo deportista? ¿Cuántas horas crees que debe dormir un intelectual de élite? ¿Cuántas horas de ejercicio físico debe de practicar este mismo intelectual?

Nunca me he planteado ninguna de las dos primeras preguntas, porque lo que hagan o dejen de hacer los deportistas, de élite o no, me es completamente indiferente. No poseo el gen de admirar las proezas físicas, que son enteramente egoístas en el sentido de que no proporcionan beneficios a los demás, como lo hacen la ciencia o el arte. Pero, contestando a las preguntas, deben dormir lo necesario para estar descansados, como cualquiera, y no *deben* leer nada, porque la cultura es opcional y no obligatoria. Y no es de intelectuales decirles a los intelectuales lo que deben o no hacer.

¿Cuántos años tenías cuando fuiste picado por el escorpión de la literatura? ¿Fue un picotazo que inoculó mucho veneno desde el primer momento o se fue expandiendo con la edad?

Lo primero que recuerdo haber escrito fueron unos poemas sobre Valencia y las Fallas para la revista de mi colegio, a los 13 años. A los 16 escribí algunos sonetos para cumpleaños de amigas y a los 18 tenía ya acabada una novela humorística de 800 páginas. A partir de ahí no he parado y he tenido durante años muchos libros escritos en un cajón, hasta que los he ido publicando.

¿Cuántos dioses más o menos se calcula que tiene la religión hindú? ¿Crees que responden a la intuición de que existe algo sagrado y que esa intuición se desarrolla de forma diferente según las regiones y sus temperaturas, riqueza, historia?

El hinduismo no es un politeísmo. Esa es una noción errónea. Es un monismo, en el que hay un solo ser divino que se manifiesta de cientos de formas, aun siendo el mismo. Y ese ser lo abarca todo, por lo que estamos hablando de un panteísmo en el que no hay nada fuera de Dios, con lo que todos somos parte de Él.

¿De dónde sacas tantas ideas para tus libros?

Como dijo Balzac, «Todo es tema». El humor no es una idea más o menos original, sino una postura de la mente. Una vez que descubres cómo posicionarte ante lo que ves o conoces, puedes hacer humor sobre todas las cosas del universo. El único problema es acertar, que el humor sea de calidad. Pero puedes elegir un tema al azar, cualquiera, y presentarlo bajo un prisma cómico. No hace falta que te llegue una idea original enviada por las musas. Sólo tienes que mirar la realidad del presente o del pasado y transformarla.

¿De qué forma se da en ti el proceso creativo? ¿Cómo surgen tus historias?

Pues surgen sobre la marcha, a medida que escribo. Cuando comienzo una narración no sé qué va a pasar, pero a medida que la elaboro, van surgiendo los acontecimientos. Es como si tuvieran vida propia. Piensas que un personaje será el protagonista de tu historia y de pronto te das cuenta de que otro personaje que tú consideraban secundario es el que empieza a hacer cosas y a aparecer en todas las escenas. La creación literaria es un fenómeno muy curioso. También tengo escritos deliberados, que me propongo hacer claramente. Pero curiosamente suelen ser peores que los que surgen espontáneamente.

¿De qué manera sugerirías a un pelma que se callara ya, sin llegar a decirle lo que no sabe, o sea, que es un pelma?

Nunca lo he conseguido. Ese tipo de personas no se calla nunca. No hay más remedio que fingir que has recibido un telegrama (cosa hoy en día increíble) e irte.

¿De quién has dicho «en la vida leeré un libro suyo» y luego has caído en la tentación?

No lo he dicho nunca de nadie: no me he negado jamás por prejuicio a leer a alguien a quien no hubiera leído antes. «No *volveré* a leer un libro suyo» sí lo he dicho de muchos ruizzafones elevados a los altares literarios por las editoriales que tienen todavía en el almacén muchos libros suyos que necesitan vender.

¿Desprecias a todos los personajes a los que parodias?

A veces puede parecer que respeto pocas cosas o personas, a juzgar por lo que me burlo de ellas. Esto no es así, pero la parodia y la admiración son perfectamente compatibles. Me puedo chunguear de las películas de Stanley Kubrick, que me parecen todas excepcionales. Por eso mismo, las he visto muchas veces y las conozco lo suficientemente bien como para parodiarlas con cariño. El desprecio es para aquellas cosas que no recuerdas, de puro vacías. Y cuando algo me cae realmente mal, se me nota bastante.

¿Diferencias entre el mundo editorial de tus inicios como escritor y el actual?

Encuentro que el sector se ha desliteraturizado. Las grandes editoriales ya no buscan al *best seller* extranjero al que traducir, sino que escudriñan los programas televisivos para elaborar productos de moda, escritos o firmados por gentes que no son escritores ni vocacional ni profesionalmente. Esto les genera beneficios rápidos, pero deja a los escritores en situación de indefensión. Siempre pueden publicar con editoriales más pequeñas, lo que implica peor distribución y menos ventas. Por otra parte, hay cada vez más libros para adultos sin escritura: libros llenos de dibujitos y espacios en blanco, que apelan al esnobismo de los no-lectores que presumen de haber leído un libro, cuando lo que han hecho ha sido hojear ilustraciones. Se está fomentando un infantilismo peligroso en los lectores.

¿Dios y diosa del hinduismo que recomendarías para tener una gran aventura amorosa?

Shiva y Párvati la tienen continuamente desde hace eones. Fue un matrimonio arreglado y les ha funcionado muy bien,

¿Dónde radica la humanidad de cada uno de nosotros: en el cerebro o en el corazón? ¿Existe algo que nos defina sin ambigüedades como enteramente humanos?

La humanidad radica en el cerebro. El corazón es un mecanismo de bombeo. Si por corazón te refieres a emociones y sentimientos, los animales también los tienen y hasta las plantas. La humanidad es un proceso pensante, del intelecto, que puede generar comprensión, empatía, consideración, etc. Dicen que la risa es lo que diferencia a los humanos de los animales. Lo malo es que solo diferencia a algunos y hay otros que no se diferencian en nada de los animales (en su sentido peyorativo, pues los animales son mejores que nosotros e incapaces de nuestras maldades).

¿El apellido Jardiel es lastre o un par de alas?

Es, obviamente, un honor ostentarlo. Por otra parte, dedicándome como me dedico a la escritura humorística, la comparación es inevitable, así es que sé muy bien que estoy abocado a que se me conozca como «el Jardiel malo», para diferenciarme del bueno.

¿El drama es compatible con el humor?

Los españoles inventamos la tragicomedia, pero en ella lo dramático y lo cómico lo llevan personajes distintos. No se pueden fusionar, solo alternar.

¿El humor es un compartimento de la inteligencia?

Es un producto de la inteligencia. Para desarrollar el humor se necesita un alto grado de cultura. Para la sátira hay que tener una visión crítica del mundo; para la parodia hay que tener un conocimiento cultural que te permita comparar con el objeto parodiado; para el juego de palabras hay que tener un dominio alto de la lengua. Las formas del humor necesitan de la inteligencia.

¿El legado literario de tu abuelo te ha marcado como escritor?

Sí, pero no de la manera en que podría pensarse; no por ser un escritor más porque soy de la familia o por influjo directo de las obras de Jardiel. Me ha influido el elemento de la intimidad familiar, donde era costumbre hablar en camelo, hacer juegos de palabras constantes, cambiar los nombres a las cosas o dar respuestas cómicas o absurdas. El ejercicio del humor ha estado siempre presente en mi vida desde niño y eso me ha determinado. Entiendo que, de haber nacido en otra familia, eso hubiera sido distinto. Pero a la hora de escribir, aunque pueda haber alguna coincidencia, yo no me considero un jardielista, mi estilo es muy distinto y tengo otros maestros y modelos. Aparte de clásicos del humor como Quevedo o Mark Twain, creo que debo más a la denominada «generación simpática del 98», donde se encuentran humoristas de diversos géneros como Juan Pérez Zúñiga, Vital Aza, Enrique García Álvarez o Pedro Muñoz Seca. Tampoco hay que olvidar al más reciente Jorge Llopis. Y yo incluiría entre mis maestros en el humor también a los hermanos Marx, por supuesto.

¿El libro que le regalarías a tu peor enemigo? Aunque, ahora que lo pienso, ¿por qué tendrías que regalarle nada a alguien que no puedes ni ver?

A veces tienes que regalarle cosas a gente a la que no quieres. Le regalaría el *Ulises* de Joyce, para que sufriera. O cualquier novela plúmbea (o sea, cualquiera) de doña Emilia Pardo Bazán, por lo mismo.

¿El oficio de escritor es una vocación o un afán de notoriedad?

Según en quién, pero puedo asegurar que escribir ni es fácil ni descansado, así es que el que solo escribe para ser famoso, enseguida se cansa y su carrera se trunca al poco de empezar. El escritor verdadero no quiere ser famoso: quiere contar algo. Lo que pasa es que cuando ya lo ha escrito, siente como un desperdicio de esfuerzo (y lo es) que su obra no llegue a nadie y por eso se esfuerza en darla a conocer.

¿El secreto de la escritura?

Dijo William Somerset Maugham que, para escribir ficción, cualquier tipo de ficción, había que respetar tres reglas especialísimas y totalmente imprescindibles. Pero también dijo que nadie sabía cuáles eran esas reglas. La imitación de modelos, lo previsto no siempre funciona. Hay que dejarse llevar en cierto modo por el instinto de qué es lo que quedará bien en un escrito.

¿El último sitio que has visitado por turismo?

He estado recientemente en Valencia —mi ciudad natal—, que no visitaba hacía tiempo, paseando por la Albufera y visitando el palacio del Marqués de Dos Aguas —una joya del rococó— y el Museo de Bellas Artes —Ribalta y Ribera a porrillo—, aparte de otros lugares.

¿El veneno caducado mata más o menos?

Mata menos, pues cualquier producto caducado pierde propiedades. Esto se sabe. Por otra parte, morirse es difícil. Mucha gente se ha intentado suicidar con venenos y no ha muerto por tomar demasiado o demasiado poco.

¿Em que se parecen el humor, el arte y el amor? ¿Son las únicas soluciones o habría que incluir la cerveza?

El humor es arte; y arte del mejor, para empezar. El arte te hace inteligente y el amor te hace estúpido, así es que no se parecen en nada. La cerveza, como símbolo de disfrute, es excelente, pues el hombre necesita ocio para reponer fuerzas y creatividad. Como símbolo de relax no es tan buena, porque la gente que está muy cansada y necesita descasar demasiado no suele aportar nada al universo: vive solo para su propio placer. La cerveza como portadora de alcohol es nefasta, pues el alcohol mata las células cerebrales. Y volverse más tonto de lo que se es no es ninguna solución para nada.

¿Empleas alguna técnica especial que te facilite tu labor?

He realizado bastantes trabajos de investigación en mi vida y esto, creo, ha dotado de cierto orden a mi mente. Los artículos, los ensayos los redacto tras haber preparado, ordenado y clasificado un montón de fichas. Luego, lo que digo será inane o banal, pero nunca está desordenado; siempre mantiene una estructura coherente y lógica (no digo varias veces lo mismo, no me dejo nada sin decir, etcétera). Con los escritos de ficción pasa igual. Podrá faltarme el ingenio, la chispa, la originalidad o la gracia, pero me parece que mis escritos en prosa están bien estructurados, mis versos respetan las reglas, etcétera otra vez.

¿En qué animal querrías convertirte si pudieras? ¿En uno que volara, uno acuático u otro que corriera o se arrastrase? Si pudieras crear un animal que no existiera, ¿de qué características lo dotarías? Y si te encargaran una nueva versión del *Homo sapiens*, ¿qué le cambiarías a la actual?

Me gustaría ser un perro con un buen amo, algo más difícil de lo que parece. En cuanto a animal ficticio, dotaría de pies y de manos a los delfines. Por lo que respecta al *Homo sapiens*, le quitaría alguna capacidad para que no pudiera convertirse en el tirano y destructor de las otras especies.

¿En qué animal te gustaría reencarnarte y qué nombre te pondrías en dicho caso?

Me gustan los perros, así es que querría estar entre mis congéneres. En cuanto al nombre, no querría que me llamasen «Bobby», porque odio los tópicos. «José Javier», que para persona es nombre vulgar de puro corriente, no estaría mal siendo can.

¿En qué año de la historia y dónde elegirías no estar nunca y por qué?

En muchos. París en 1789 no fue bonito. Y los institutos de secundaria de los EE. UU. son peligrosos en cualquier año, pues te pueden ametrallar en medio de cualquier clase de matemáticas (doble horror).

¿En qué cárcel penaría Quevedo sus culpas, visto que lo políticamente correcto domina la sociedad actual?

Quevedo es el autor de algunos de los versos más exquisitos y también de los más soeces de nuestra lengua. Intentar aplicar a los genios el rasero de los seres vulgares es demostrar muy poca inteligencia. La corrección política es un cáncer que mata las células de la creatividad. No es sólo Quevedo quien estaría en la cárcel: muchos otros grandes tampoco se salvarían. Desgraciadamente Quevedo ya está en una cárcel peor: el olvido, considerando los libros de anécdotas de famosos de la prensa rosa que las generaciones actuales prefieren leer.

¿En qué medida dirías que montar hoy en día una obra de teatro es un acto de heroicidad?

Es algo bastante heroico cuando se hace de verdad: es decir, cuando se monta una obra nueva o un clásico tradicional, por el riesgo económico que conlleva. No así cuando se intenta ir excesivamente sobre seguro y se hace una versión teatral de alguna película que fue un éxito rotundo o cuando metes a un Premio Nobel en el reparto para que la gente vaya a verla.

¿En qué prefieres ocupar tu tiempo libre?

Escribir, leer, hacer teatro, la música, pintar... Ocupaciones artísticas, aunque modestas. Lamentablemente, no practico deportes.

¿En qué se diferencia un verdadero escritor de un farsante?

Es difícil determinarlo. La definición más obvia de farsante literario es el del plagiador, del que hace pasar por suyas ideas de otro. Pero esto nos llevaría muy lejos. Shakespeare no tuvo ninguna idea original: la mitad de sus obras son vidas de reyes sacadas de las crónicas y la otra mitad son leyendas italianas que ya existían. Y no le vamos el negar el mérito. Los temas se repiten desde la noche de los tiempos, pero el literato honesto debe reinterpretarlos a la luz de sus tiempos, de su estilo propio. Debe buscarse la originalidad; el farsante sería el que se aprovechara de una tendencia y escribiera libros de complots templarios sólo porque un libro de ese tipo tuvo éxito en un momento dado.

¿En qué humano encarnarías, si te dieran la opción?

En un tal Enrique Gallud Jardiel, para volver a vivir mi propia vida, mejorándola y evitando los errores que he cometido.

¿En tu opinión el humor debería estar más presente en la literatura o solo en la vida cotidiana? ¿Crees que se debe ser menos serio al escribir?

El humor debe estar presente en la literatura, pues es una visión inteligente del mundo y muy necesaria, tanto en su vertiente de evasión y disfrute, beneficiosa en tiempos difíciles, como en su vertiente satírica de crítica y sátira de las cosas que están mal en el mundo. El humor sirve para corregir a la sociedad. En cuanto al humor en la vida solo puedo decir que la gente que hace mal a sus semejantes es siempre gente seria, que se toma muy en serio su patria o una ideología política o religiosa y, en nombre de eso tan serio, es capaz de hacer el mal. Si ves el mundo bajo un prisma humorístico, si te tomas a broma tu país, tus ideas o tu religión serás incapaz de hacer el mal por ello. Tomarse la vida en broma acaba siendo mucho mejor para la salud y mucho más ético. Dijo Leonardo da Vinci que, a ser posible, había que reírse hasta de los muertos.

¿Eres cruel?

No. La crueldad con los demás es la expresión externa de un complejo de inferioridad que yo, afortunadamente, no conozco.

¿Eres de los que se ponen cachondos leyendo a los clásicos (a los clásicos *lato sensu*, no solo a los grecorromanos)?

Por supuesto. Pues ellos sabían perfectamente cómo pulsar las cuerdas que hacen vibrar todas nuestras emociones y reacciones, la excitación incluida.

¿Eres regular en tu tarea?

Hay días que escribo mucho y otros, nada en absoluto, dependiendo del tiempo que me dejan libre mis otras ocupaciones. No tengo preferencias ni problemas en cuanto al horario o lugar de escritura. Para mantener la regularidad escribo —aparte de en mi casa, claro está— en cualquier otro sitio, sea el transporte público o las casa de los amigos. Me invitan a pasar el día o a comer cocido y allá me voy yo con mis cuartillas. Mis verdaderos amigos no consideran grosería por mi parte que, cuando están todos tomando café, yo me retraiga a un rincón a pergeñar cosas. (Y si alguno se ofende, si alguno no puede entender lo importante que puede ser el arte, por más que modesto, en la vida de un hombre, a ese alguno pueden freírle un paraguas, por lo que a mí respecta.)

¿Eres una persona sincera?

Sí, y eso me ha traído problemas muchas veces por decir demasiadas verdades. Pero si me preguntan mi opinión sobre algo, aunque sea adversa y no convenga decirla, no puedo callarme.

¿Es cierta la acuñada frase: «Es más fácil hacer llorar que hacer reír?»

Una gran verdad. La narración de cómo un niño murió atropellado por un camión siempre conmueve al que la escucha, por muy mal que se cuente. Una historia cómica, mal escrita o mal contada, pierde toda su gracia. Hacer reír sin burlarse de los más desafortunados o sin mezclar sexo, política o religión es dificilísimo.

¿Es el humor la única solución posible para nuestros asuntos patrios?

Ni el humor, con todo su potencial, puede arreglar nuestros asuntos patrios. En la esfera de lo privado puede ayudarnos a soportar los tiempos que vivimos. Eso es todo a lo que podemos aspirar.

¿Es gracioso quien quiere o quien puede?

No basta con querer, porque el humor no procede de una inspiración, sino que se basa en el dominio de unos recursos literarios complejos que hay que conocer bien. El humor es una ciencia, en el sentido de que hay que saber dosificar los elementos, saber qué nivel de profundidad se puede usar en cada escrito y cómo combinar los procedimientos cómicos.

¿Es reírnos de nosotros mismos un ejercicio de humildad o de sinceridad?

De ambas cosas. Reconocemos nuestras imperfecciones (humildad) y decimos la verdad (sinceridad). Estamos tan llenos de defectos que solo podemos llorar o reír al reconocerlo. Pero reír es más sano para el cuerpo.

¿Es verdad eso de que el gracioso no cuenta chistes, sino que los inventa?

Quien inventa un chiste hace algo muy meritorio, pues ya están casi todos inventados. En el libro *Sobremesa y alivio de caminantes*, del siglo XVI, se recogen cientos de chistes medievales y renacentistas, y esos son los que, modificados, nos seguimos contando unos a otros. Por otra parte, en la literatura lo que vale es la invención. Contar chistes de otros es como seguir las modas: un signo de la propia incapacidad para funcionar individual e independientemente.

¿Escribir por qué y para qué?

Yo escribo por una razón muy egoísta: porque me divierto haciéndolo. Si no me entusiasmara todo el proceso, no lo haría. No es ni por dinero, ni por alcanzar la fama. Esas serían dos formas seguras de sufrir. Además, escribo sólo cuando me apetece, nunca por obligación. Lo que pasa es que me apetece muchas veces… Otras veces lo hago por encargo, y otras aún a sabiendas de que esos libros no se van a vender, pero que a mí me parece que deben existir. Otras veces he escrito el libro que me hubiera gustado comprarme pero, como no existía, he tenido que escribirlo yo. Estudios críticos sobre el teatro de Pedro Muñoz Seca, no existen. Y como el suyo es un teatro que conozco muy bien, que he leído mucho, que he representado y sobre el que no hay más allá de dos o tres malas biografías, ese libro lo tenía que hacer, aún a sabiendas de que apenas se va a vender porque hoy Muñoz Seca no interesa más que a unos cuantos estudiosos, no al público en general. Es uno de esos libros que escribes con todo cariño, sabiendo que no va ningún lado.

¿Están perdiendo puntos los graciosos frente a los maltratadores de clase, visto el éxito de *Cincuentas sombras de Grey*, que demuestra el tirón que tienen los sádicos millonarios con las mujeres?

Grey es quien debería estar a la sombra (en la cárcel, vaya), por escribir algo tan malo. En cuanto a sus lectores, son fruto del esnobismo y víctimas del *marketing*, porque literatura erótica buena y mala la ha habido siempre y ha tenido pocos lectores, antes de que la publicidad pagada encumbrara a Grey. En cuanto al masoquismo, sí está de moda, porque la gente sin imaginación se aburre enseguida de cualquier cosa y el sexo no es una excepción.

¿Estás de acuerdo con la manera en que se nos enseña la literatura española? ¿Hay algo que en tu opinión se trata erróneamente o en lo que debería hacerse más hincapié?

La literatura consiste en la lectura directa de los textos y su apreciación. Todo lo demás (la teoría literaria, la historia de los movimientos, etc.) debería ser sólo para especialistas. El error es obligar a los estudiantes a aprender datos irrelevantes. Siempre se ha hecho así y eso es nefasto. ¿De qué sirve saber que don Íñigo López de Mendoza, marqués de Santillana, nació en Carrión de los Condes, Palencia, o donde fuera que naciera, en el año tal, si no has leído sus obras o desarrollado la capacidad de apreciarlas? Así me enseñaron a mí y yo me aburría soberanamente en las clases de literatura. Yo aprendí literatura en la clase de matemáticas: me sentaba en el último banco y leía novelas a escondidas. Luego suspendía las matemática, claro está. Hay que fomentar la lectura real y cuidar mucho la selección de las lecturas obligatorias a los jóvenes, pues pueden engancharles para siempre a la lectura o hace que la aborrezcan. ¿De qué te sirve saber leer si no lees o solo lees tonterías que te embrutecen más o mentiras que te crees sin cuestionarlas?

¿Existe alguna justificación auténtica para preguntarnos el sentido de la vida fuera del cliché de los filósofos que no logran encontrar algo más profundo sobre lo cual plantearse para justificar su existencia como seres pensantes?

Preguntarse sobre el sentido de la vida les es necesario a los filósofos para justificar su existencia. Pero me temo que la vida no tenga ningún sentido, que sea un proceso cósmico sin otro propósito que el de ser un proceso cósmico. Desde luego, el hombre no tiene protagonismo en él. No creo en una finalidad de la vida. Simplemente es una anomalía química en un universo muy amplio.

¿Habrías querido conocer a algún cineasta? ¿A quién y qué le dirías?

Me hubiera gustado conocer a Billy Wilder y preguntarle por algunos secretos en la confección del humor.

¿Has cambiado radicalmente de opinión tras leer a un autor que en principio te negabas a leer?

Me pasó con Stephen King, a quien me resistí a leer durante años y cuando lo hice quedé gratamente sorprendido, sobre todo por las novelas que escribió con el pseudónimo de Richard Bachman, que eran en extremo originales.

¿Has fijado algún modelo para tu estilo?

El estilo no debe fijarse en ningún modelo, debe ser algo personalísimo y, por tanto, surge de uno mismo. Pero si me preguntas qué autor emplea una lengua cuya lectura ayude a mejorar la tuya, te recomendaré a Ortega y Gasset, por su corrección, modernidad y amplitud de vocabulario.

¿Has participado alguna vez en una obra de teatro para niños?

Recuerdo que actué de pequeño (a los diez años), entre otras obras, en un montaje de Francisco Oliver: *Aventuras de Peporreta contra los indios*, en donde me ataban a un poste para cortarme la cabellera. Luego, de mayor, no he tenido ocasión y lo lamento.

¿Hasta qué punto es trascendente para un escritor la creencia en la pervivencia del alma y la existencia del más allá?

Ha habido escritores excelentes, tanto entre los trascendentalistas como entre los materialistas. No creo que la creencia en el alma sea síntoma especial de mayores capacidades. A fin de cuentas, no deja de ser una creencia; es decir: tomar como verdad algo que no nos consta, que no se ha demostrado. Pero todo lo espiritual, por ser tan ambiguo, es magnífico tema literario, crea en ello el autor o no crea.

¿Hay algún libro de los tuyos que te satisficiera en tus inicios, pero que ahora preferirías no haber escrito?

Yo no repudio ninguno de mis libros, ni siquiera los peores. Los escritores somos lo que escribimos y poner algo en papel es una gran responsabilidad que hay que hacer a sabiendas. Otra cosa es que si los escribiera ahora, cometería menos errores.

¿Hay alguna relación entre el humor y el amor?

Según Jardiel, las cosas importantes de este mundo se escriben con hache (el humor, la humanidad, el honor, los hijos...), pero amor no la tiene, por lo que no es tan importante. El enamorado resulta ridículo a los ojos de los demás y hace tonterías. Así es que el amor puede ser grotesco y, por ende, cómico. Pero quizá haya algún vínculo secreto, porque muchas mujeres, cuando se les pregunta por qué se enamoraron de tal o cual señor, contestan: «Es que me hacía reír».

¿Hay una competencia latente entre los escritores?

No lo creo. Como escritor no aspiro a quitarle lectores a otro escritor, sino a que los lectores de otros me lean también a mí. El «enemigo» teórico del escritor es el editor que rechaza injustamente un buen manuscrito. Por lo demás, un escritor genuino se esfuerza por crear su propio estilo, que le diferencia de los demás, con lo que su obra es única y no «compite», por así decirlo con la de otros. Otro asunto es si tienes complejo de inferioridad y crees que los otros escritores son mejores que tú, pues en este caso puedes sentir envidia. Pero, por regla general, el complejo que tenemos los escritores es el de superioridad: creemos que somos los mejores.

¿Humor inteligente o chiste fácil? ¿Y por qué?

El chiste fácil lo puede hacer cualquiera y no perdura en absoluto. De puro fácil, aburre. No hay más que ver los burdos juegos de palabras que los periódicos deportivos hacen en sus titulares. El humor inteligente es uno de los mejores productos de la civilización. Para apreciarlo hace falta cultura, sensibilidad, dominio del propio idioma, una visión amable del mundo y muchas otras cosas buenas. Dedicar tiempo a eso nos hace mejores. El chiste fácil, por otra parte, suele ser el que denigra a los otros, el que se burla de sus características, el que perpetúa los prejuicios y los tópicos, el que, en definitiva, nos embrutece. La elección que conviene hacer está clara.

¿La causa por la que se han puesto tan de moda las corrientes religioso-filosóficas orientales?

La gente busca cosas en otros sitios cuando lo que tiene en su casa deja de convencerle. Es tan simple como eso.

¿La enfermedad que te produce más miedo?

Bueno: hay una enfermedad mortal y transmitida genéticamente de la que nos morimos todos: se llama la vida. El objetivo es durar todo lo posible. El hombre puede hacer poco (algo) por alargar dicha enfermedad. Puede no beber alcohol, puede no fumar, puede no tomar drogas, no hacer alpinismo o no domesticar cocodrilos, porque todas estas actividades pueden acortarla. Ante la imposibilidad de hacer nada más, sólo le queda aprender a aprovechar el tiempo que vive y vivir su propia vida y no los *realities* de la vida de los demás. Dentro de esta enfermedad, la otra que asusta es el Alzheimer, pues supone la pérdida de la identidad consciente.

¿La escritura a mano, en máquina de escribir o en el ordenador? ¿Tiene más sabor de alguna forma o todo es mito?

Yo he copiado mucho a máquina. Escribir cosas creativas lo hago a mano. Directamente en el ordenador puedo escribir reseñas o memorias, pero para la creación literaria pura y dura lo hago a mano, pues la velocidad de la escritura manual es la que mejor se adapta a la velocidad del flujo de ideas.

¿La obra de teatro más horrorosa que has visto en tu vida?

Vi una versión de *La Celestina* en la que Calisto vestía solo un tanga rojo. En la escena del huerto, sólo le separaba de Melibea un cordel que atravesaba el escenario de parte a parte. Cuando la escena acabó, Calisto se metió la mano en el paquete, sacó un mechero y le prendió fuego al cordel, que se rompió. Fue el cambio de decorado más rápido y silencioso que he visto en mi vida, pero me dejó sin ganas de volver al teatro en varios meses.

¿La obra que has tenido que leerte, que más infumable se te ha hecho y que serías incapaz de recomendarle a alguien?

El *Quijote*. Es una obra de muy difícil lectura, pues su prosa es es extremo farragosa. Es un libro fallido, pues el autor dijo bien claramente que quería hacer un libro muy cómico y lo que consigue con su personaje es que nos dé lástima y nos deje tristes, viendo cómo se maltrata a los justos. Pero ése no era el propósito de Cervantes. Es un libro lleno de fallos narrativos y, en último extremo, un libro cobarde, porque el autor no se atreve a defender hasta el final el idealismo de su personaje, lo que habría tenido mérito, sino que le hace recobrar la razón al final de la novela, como justificando a los «cuerdos» que le maltrataban. Es un libro que casi nadie ha leído, porque se lee con dificultad y que ha hecho aborrecer la lectura a muchos niños a los que les obligaron a leerlo en el colegio. Yo no lo recomendaría a nadie.

¿La palabra más peligrosa?

La más peligrosa es 'nosotros'. Porque recalca que los otros son otros. Todas las barbaridades de la historia se hacen para que tu etnia someta a otra etnia, para que tu nación domine a otra nación o tu religión extermine a los de otra religión. Hay otras palabras feas, como 'patria', que fomenta el odio a los otros.

¿La palabra que más odias, la que nunca usarías fueran cuales fueran las circunstancias, incluida la colocación de astillas bajo las uñas?

Hay una palabra que me produce tal asco que no le he dicho ni la diré nunca. Y mucho menos estoy dispuesto a escribirla, así es que os quedáis sin saber cuál es.

¿La razón por la que España es así?

Viajando te enteras de que no solo España, sino que todos los países son «así», entendiéndose por «así» ser de una manera que no nos gusta.

¿La razón por la que todos preguntan si primero fue el huevo o la gallina y nadie hace alusión al gallo?

Porque los sistemas reproductivos primitivos no necesitaban de la mezcla. La ameba se reproduce ella sola.

¿La última vez que cantaste bajo la lluvia y por qué motivo?

El verano pasado, en la India, en medio de los monzones. Canté de alegría por el alivio de mojarse cuando hace mucho calor.

¿Las preguntas que tú te haces cuando te encuentras en apuros?

Me pregunto cómo resolver yo el problema, no pienso qué haría Aristóteles en mi caso. Con contadísimas excepciones, no creo en el principio de autoridad ni en los libros de instrucciones.

¿Libro humorístico que aconsejarías a nuestros políticos para que no faltase nunca en su mesita de noche?

No recomendaría ninguno, porque sería inútil. Por cómo manejan la cosa pública, es obvio que nuestros políticos no leen nada en absoluto.

¿Libro o autor que recomendarías a nuestros lectores?

Imposible decirlo. Pero si he de mencionar un escritor entre todos, aunque parezca tópico diré que Lope de Vega. Ese señor escribió sobre todos los temas que uno se pueda imaginar. No hay asunto sobre el que Lope no tenga una comedia. Y su dominio de la lengua era magistral. Para mí es el mejor escritor de mundo con diferencia. A su lado, Cervantes, Shakespeare o Dante son aficionados. Esto puede parecer muy radical, pero estoy convencido de ello y lo mantengo.

¿Llorarías o reirías si te vieses solo en el mundo?

No haría ni una cosa ni otra. Me centraría en sobrevivir, desechando emociones. Lloraría un rato, claro, por la ausencia de mis seres queridos, pero luego pasaría a otra cosa.

¿Lo último que pagaste en pesetas?

No recuerdo si fue un yate o un café con leche, pero debió de ser un yate, porque creo recordar que no me devolvieron cambio.

¿Los impuestos con humor duelen menos?

Los impuestos —junto con la muerte— son lo único de los que se tiene certeza en esta vida. Así es que lamentarse por ello son ganas de sufrir. Para ser feliz hay que tomarse todo con humor, no solo los impuestos.

¿Los indios de la India tienen pluma? Y si es así, ¿son de colores?

Según a lo que te refieras por pluma. Si te refieres a esa cualidad que te permite que te contraten como tertuliano en Tele5, entonces algunos indios la tienen, como en cualquier otro país. Si la pregunta es de chunga, pues no: no tienen plumas: se adornan con joyería mucho más sofisticada, pues son una civilización mucho más antigua y compleja que la de los indios americanos.

¿No crees que el interés por la religiosidad oriental en muchos casos es una mera fachada superficial que consiste en comprar una figura de Buddha y ponerla en la mesilla con unas varas de inciensos?

Por supuesto que existe mucho postureo y mucho desconocimiento entre gentes que dicen interesarse por las religiosidades exóticas. Pero eso que describes es algo que se hace también en el ámbito de la propia religión. La mayor parte de la humanidad dice que le importan cosas (la espiritualidad, la cultura, las artes, etc.) que en realidad no le importan.

¿No crees que nos falta humor para combatir esa crisis económica que se está perpetuando en España?

Podría parecer una frivolidad refugiarse en el humor cuando tanta gente está sufriendo. Pero incluso en épocas económicamente buenas, cada persona puede tener un drama personal. Siempre es mejor reflexionar e intentar no angustiarse en exceso. El hombre tiene poco control sobre las circunstancias exteriores de su vida: le pueden pasar muchas cosas no deseadas. Debe, por tanto, intentar controlar lo que sí está en su mano: cómo se toma las cosas que le suceden. Unamuno dejó dicho que la vida es una tragedia para los que sienten y una comedia para los que piensan.

¿No has pensado en bloquearte un poco para no dar tanta envidia a tus colegas de letras?

¿Por qué tendría que bloquearme? ¿Para hacer felices a los vagos que escriben poco? Para hacer felices a los abúlicos, ya se inventó la televisión.

¿No piensas que hasta el *best-seller* más estudiado no triunfaría si el lector no percibiera su alma, en la historia, en los personajes? ¿O es que quien carece de alma es el lector actual?

La literatura ha de tener alma, ¿qué duda cabe? Pero en ocasiones se produce la elaboración literaria mediante técnicas poco honestas y los lectores las aceptan. Eso es lo que quiero decir. Hay poetas que escriben sin rima, ritmo no medido, repitiendo ideas que ya se han dicho mil veces y obteniendo grandes éxitos por la coyuntura, lo que me parece un agravio comparativo con otros verdaderos poetas del pasado, infinitamente mejores. En estos casos la sátira es lo adecuado. O dicho de otra manera: un haiku puede estar muy de moda, pero no es comparable a un soneto en complejidad y posibilidades.

¿Novela poco conocida que te gustaría que leyera todo el mundo?

Creo que *Los ojos del hermano* eterno, de Stefan Zweig.

¿Nunca te han demandado por poner a parir muchas obras del arte universal?

Una vez un cuadro de El Greco, muy feo, sobre el que yo había escrito, me quiso poner una demanda por difamación y delito contra el honor; pero en el juzgado le dijeron que los cuadros no tenían entidad jurídica y que no podía hacerlo, que tendría que emplear a un abogado para que me demandase en su nombre. El cuadro no tenía bastantes ahorros para pagar al leguleyo y tuvo que desistir y aguantarse con mis críticas.

¿Obra que utilizarías para reciclar papel? No vale decir «ninguna de las mías».

Cristo v. Arizona, de Camilo José Cela.

¿Para quién es este libro de preguntas y respuestas? ¿Para un lector, joven, viejo, mordaz, triste, jocoso?

Los libros son para cualquiera. Nunca sabes a qué tipo de personas les puede interesar algo, pues el ser humano es sorprendente. Escribir libros para un sector social es como cocinar una paella para señores con bigote. Muchos bigotudos la pedirán en tu restaurante, pero también lo harán otros. Los libros no se escriben para unos lectores concretos; son los lectores los que deben buscar sus libros. No has de hacer libros para un público, sino crear un público para tus libros.

¿Película célebre e «inmortal» que destruirías sin pensarlo dos veces?

Nunca jamás destruiría una película, por mala que fuese, pues enseño cine en la universidad y de las películas malas se puede aprender mucho más que de las buenas. Además, es un crimen destruir una obra de arte, aunque sea de mal arte. Si la pregunta es qué película me parece sobrevalorada, te diría que cualquiera de Almodóvar o de Tarantino.

¿Pensarán los cangrejos que los humanos andamos de lado?

Sin duda. Ya dijo Montesquieu que si a los triángulos se les ocurriera tener un dios, se lo imaginarían con forma de triángulo. Todos concebimos el universo desde nuestro punto de vista: no tenemos otro. Y todo aquello a lo que estamos acostumbrados es lo que consideramos como normal. ¿Por qué podemos considerar bonita una mano con cinco dedos y monstruosa una de seis? Por nuestro habito de verlas así. Por otra parte, no creo que los cangrejos presten demasiada atención a los humanos.

¿Personaje de la política española que no te resulta tragicómico? Lo sé: esta pregunta es difí-

cil. Se te permite alegar que no existe el helado caliente.

Nicolás Salmerón, presidente (unos meses) de la Primera República Española dimitió para no firmar unas penas de muerte. Me parece algo heroico y demuestra que el política ha habido hombres honestos (unos meses nada más, es verdad).

¿Piensas más en los lectores al escribir o en la tradición literaria?

Cuando escribo no pienso en ninguna de las dos cosas: únicamente me concentro en el producto y su óptima elaboración. Luego es cuando vienen a la mente las otras ideas. Por supuesto, se escribe para los lectores. Creo que todos tenemos un deber para con los demás. Si yo disfruto con la música de Mozart, ya no se lo puedo agradecer a él y tampoco pagársela a sus herederos. Pero sí puedo dejar algo bello para que otros lo disfruten cuando yo no esté. Los conocimientos que adquieres durante la vida o tus capacidades no puedes guardártelos para ti, sino que debes compartirlos.

¿Piensas que el humor más profundo surge de una profunda tristeza o por el contrario, éste emergería de un estado de ánimo luminoso que permitiera invertir la realidad y transformarla en fábula o disparate?

Se ha dicho que la literatura es lo único que nos permite descansar de la vida. Así pues, el escritor humorístico puede ser un pesimista encubierto. Pero en este caso, sólo producirá sátira amarga. No podrá crear formas más ingenuas de comicidad. El humor es una postura ante el mundo, un punto de vista. Y el dolor desdramatiza la existencia y nos hace más felices. Creo, pues, que al invertir la realidad y transformarla en disparate, conseguimos que esa realidad, cruda muchas veces, nos duela menos.

¿Piensas que hay algo sagrado de lo que no puedan reírse las criaturas humanas? ¿Pondrías algún límite?

El humor no debe provocar violencia: ese es el límite. Pero que a alguien le moleste una crítica no debe ser motivo de autocensura. Que no puedas contar un chiste de médicos porque se enfaden los médicos es una gran aberración comparable al hecho de que, por matar a un enemigo en una guerra, te den medallas.

¿Piensas que hubiera cambiado algo el hecho de proceder de una familia tan integrada en la cultura?

Obviamente, haber crecido en un teatro y de padres actores te determina, porque es lo que ves, lo que aprendes y acaba siendo lo que más te gusta. Ser un niño actor es apasionante y ver tu nombre en la lista de una compañía es un orgullo indescriptible a esas edades. Pero aparte del puro disfrute, te hace madurar mucho, porque tienes siendo niño una gran responsabilidad en cuanto saberte bien tu papel, por corto que sea, la seriedad, la puntualidad, el respeto a la labor de los otros, el compañerismo... En contra de lo que muchos puritanos han dicho durante siglos, yo estoy convencido de que el teatro es una magnífica escuela de buenas costumbres. Personalmente, como niño, recibía el cariño de toda la compañía y acabé teniendo una cultura teatral amplia, pues asistía con toda atención a los ensayos de mis padres, con lo cual a los diez años había visto, por poner unos ejemplos, *La fierecilla domada*, *La gata sobre el tejado de cinc*, *El alcalde de Zalamea* o *Hamlet* no menos de treinta o cuarenta veces cada una.

¿Piensas que si el planeta fuese cuadrado, plano o poliédrico la humanidad tendría menos problemas?

Creo que el círculo está bastante conseguido. Los creyentes en la tierra plana no parecen tener menos problemas que los otros ni ser más felices.

¿Por qué aseguraba Torrente Ballester que casi todos los dictadores son bajitos?

Estamos hablando de épocas en las que casi todo el mundo era bajito, no solo los dictadores.

¿Por qué crees que los gatos se aburren tanto?

Por falta de imaginación. Un perro espera a su amo con expectación y piensa en lo que disfrutará con su compañía cuando llegue. El gato es tan independiente que desprecia a los demás seres y, por vivir solo, su vida no tiene alicientes.

¿Por qué dedicarse al humor cuando hay un número reducido de personas inteligentes capaces de entenderlo?

¿Por qué beber agua de los ríos cuando en el mar hay más agua? Porque el ser humano debe tender a lo mejor, a lo superior. Escribir para necios no es satisfactorio. Primero, porque ya lo hacen muchos. Segundo, porque no te entenderían. Tercero, porque ni lo apreciarían ni lo agradecerían. Cuarto, porque no estarías contribuyendo a un mundo mejor, que es de lo que se trata desde que alguien inventó la rueda.

¿Por qué el 89,67% de los cantautores no sabe cantar y tiene una voz de perro «pisao» (con perdón de los cantautores y de los perros; ¡que nadie pise a un perro voluntariamente!)?

Quizá porque los cantautores no son tanto cantantes como poetas. A lo mejor hubieran querido que un cantante muy famoso cantara las canciones que ellos componían y les diese más difusión; al no ser así, se vieron en la necesidad de cantar ellos como buenamente podían. A la gente a la que les interesaba la ideología de las canciones y su mensaje les importaba muy poco si desafinaban o no.

¿Por qué el humor en la alta literatura tenga tantos detractores?

El desprecio al humor me parece rematadamente mal. En Grecia se consideraba a la tragedia y a la comedia como géneros de igual importancia. Lo dramático ha cobrado fama después y es una forma literaria más facilona. Cualquiera puede conmovernos contándonos una muerte o una enfermedad, por mal que nos la cuente. El humor, en cambio, es más difícil de crear; es un producto de la inteligencia: precisa de una cultura previa, de un gran conocimiento de la lengua, de la capacidad de asociación de ideas, de originalidad. Quien desprecia el humor sólo está dando muestras de su mediocridad intelectual.

¿Por qué el humor no constituye de una vez una escuela filosófica como dios manda?

Los filósofos no le han dado importancia y han tratado el humor de forma fragmentaria. Las teorías del humor las han desarrollado filósofos menos destacados (Voltaire, Schopenhauer, Bergson), mientras que los más pedantes y supuestamente importantes (Kant, Hegel, Heidegger) lo han despreciado olímpicamente. Tiene aún que venir una mente privilegiada que se ocupe del tema.

¿Por qué eliges la parodia?

Porque el mundo se toma a sí mismo demasiado en serio y ya es hora de que empecemos a reírnos de todo. La gente muy seria es la que acaba siendo muy mala. La parodia, en cambio, es desmitificación, mostrar que los gigantes tienen los pies de barro. Es un género difícil de hacer y, sin embargo, con muy mala prensa. Pero requiere una gran cultura para hacerla y para entenderla: es un juego sólo para inteligentes.

¿Por qué escribir cuando se puede pasar la vida tomando *gin-tonics* o como se escriba, y mirando al relajante mar?

El alcohol mata las células cerebrales, aunque el que se empapuza a *gin-tonics* demuestra que las tenía ya muertas antes de empezar. En esta vida hay que hacer algo (para divertirse y para divertir o ayudar a los demás): inventar vacunas, escribir, hacer *graffiti*, domesticar cocodrilos. Yo pondría —para vergüenza suya— esta inscripción en la lápida de muchos: «No hizo nada en esta vida».

¿Por qué la literatura es menos susceptible de reflejarse a sí misma como parodia que otras disciplinas artísticas?

No estoy de acuerdo. La literatura se ha parodiado a sí misma con gran frecuencia y éxito. Desde *La gatomaquia* de Lope de Vega hasta *La venganza de*

Don Mendo de Pedro Muñoz Seca, por citar sólo ejemplos españoles, las parodias se cuentan por decenas de miles. Lo que sucede es que la parodia ha tenido mala prensa y ha sido considerada un género menor. No lo es. Al contrario. La parodia precisa un nivel cultural muy alto en el que la hace y en que la contempla, pues sin esos conocimientos culturales, lo que se parodia no se entendería. Además, la desmitificación lleva implícito un elemento de sátira, de crítica; tiene un propósito correctivo y regenerativo de la sociedad. En suma: es un género para inteligentes. La parodia precisa un nivel cultural muy alto en el que la hace y en que la contempla, pues sin esos conocimientos culturales, lo que se parodia no se entendería.

¿Por qué no se le da a la comedia la importancia que tiene si es tan difícil escribirla? ¿Por qué se la considera algo menor?

Por falta de cultura y de perspicacia. La gente piensa que el humor es algo fácil de hacer y, consecuentemente, no es algo respetable. Ve una película cómica cuyo único objetivo es hacer reír, ríe con la película y, al salir del cine, piensa: «¡Qué gansada!». Esto es un grave error. Si el objetivo de la película era solo hacerte reír y lo consigue, entonces es una película magnífica.

¿Por qué no se puede decir que Serrat será un buen poeta, pero que cantando es una cabra

desafinada (con perdón de Serrat y de la cabra)?

A mí no me parece que Serrat cantara mal (de joven, de mayor la voz se te estropea). Pero ten en cuenta que en su época le comparabas con Raphael o con Luis Aguilé y él salía ganando en la comparación. Musicalmente me parece bueno en sus melodías y tiene letras también muy conseguidas (y también lo digo en comparación con las macarenas que les dan a sus cuerpos alegrías y cosas buenas). Pero si te parece malo, se puede decir. Todo se puede decir, aunque resulte impopular. La opinión de una muchedumbre de tontos no debe importarnos.

¿Por qué no te has suicidado?

Por varias razones relacionadas con mi ego. Primero, para no darles un gusto a todos aquellos que me quieren mal. Segundo, porque tengo aún muchas cosas que hacer y creo vanidosamente que si las hiciesen otros, saldrían bastante peor (he tenido muchas veces esta sensación, sobre todo cuando he trabajado en equipo). Y también, porque suicidándote sabes cómo te vas a morir y yo prefiero que sea la vida la que me mate, porque me encantan las sorpresas.

¿Por qué prefieres el humor?

Disfruto enormemente con la gran libertad que te proporciona el humor. Pondré un ejemplo. Recuerdo un verso de una composición sobre Romeo y

Julieta. Comenzaba: «Capuletos y Montescos. / Dos familias en *vendetta* / de la ciudad de Verona, / famosa por sus...» Se establece en este caso la necesidad de decidir. ¿Por qué es famosa Verona? No tengo ni idea. En un verso en serio tendría que haber buscado una palabra que rimara en asonante y que mantuviese la coherencia. Podría haber sido «... famosa por sus iglesias». Eso hubiera sido literaria y hasta culturalmente correcto, pero vulgar. En su lugar opté por «... famosa por sus paellas», obteniendo humor mediante el absurdo y el cambio de nivel. La palabra 'paellas' fue la primera que me vino a la mente y la adopté de inmediato, sin pensármelo un momento. Podría haberla hecho famosa por sus culebras, sus empresas, sus magdalenas, sus parteras y lo que me hubiese dado la gana, siempre que rimara. El humor te permite estas licencias, lo que resulta muy gratificante. Además, puestos a inventar, ¿vamos a abrazar la tragedia, el drama, para hacer polvo a nuestros semejantes a base de lágrimas, sufrimientos y desdichas? ¿Es lícito torturar al prójimo con la aplicación de conceptos griegos —*agón, metábole, hybris, némesis, anagnórisis, fatum*— esencialmente crueles y fastidiosos? ¿Es humano encerrarse meses para acumular maldades y dolores en una novela o una pieza dramática y refocilarse pensando «¡Cuánto va a sufrir el público o el lector! ¡Lo que va a llorar cuando contemple o lea esta escena!»? Mi respuesta es no. Por el contrario: lo digno, lo bello, lo humano es el humor. Ya lo dijo el nunca bien ponderado Muñoz Seca en su obra El padre alcalde: «Lo único que hay en el mundo digno de estimación, después de una buena mujer, es una buena carcajada. Y quienes la produzcan con su arte, su ingenio o su gracia, merecen la gratitud de las gentes.»

¿Por qué reivindicas constantemente de la lengua en un momento en que cada vez se la respeta menos?

Hay muchos elementos confabulados contra el castellano, muchos más de los que había hace siglos. Antes existían personas culta e incultas y éstas últimas hablaban mal, pero eso se les censuraba. Las formas incorrectas de la lengua eran motivo de burla en los sainetes. Hoy en día, las personas supuestamente cultas y con una formación también hablan mal, y no lo hacen sólo en su casa, sino también desde las radios y las televisiones, proporcionando un ejemplo lamentable al resto de la ciudadanía. La Academia, en vez de regular la lengua, acepta servilmente cualquier palabra incorrecta siempre y cuando la usen muchos. El criterio de excelencia ha desaparecido del castellano y el inglés —que muy pocos conocen bien— se convierte en la lengua de los anuncios, de los títulos de la películas, de los tecnicismos y de los nuevos inventos y hallazgos. Todo esto va en deterioro de nuestro idioma.

¿Por qué suponer que una meta en la vida sería alcanzar la felicidad si muchas veces es el camino y no el destino el que hace la vida interesante?

Sin una meta no andaríamos ningún camino. Hay gente abúlica a la que les pasa, especialmente a los rentistas que no tienen que trabajar. El hombre aspira a la «felicidad», a lo agradable, por puro afán de supervivencia. El problema es que exige demasiado. Un animal, si está sano, a salvo de predadores y tiene alimento, es feliz: no necesita más. Pero el hombre es voraz y avaricioso: el objetivo no le deja disfrutar del camino, como bien dices.

¿Por qué, si aceptamos *remakes* de película o *covers* de canciones, no nos cabe en la cabeza que haya reescrituras de libros ajenos?

La mayor parte de los libros que se escriben son *remakes* ocultos. Los temas literarios no son arriba de sesenta, están estudiadísimos y se encuentran ya en Homero. No hay nada nuevo bajo el sol. Todos los argumentos de Shakespeare están tomados de leyendas anteriores o de sucesos reales.

¿Postura que te parece más sensata: la de mi tío carnal, que quiso ser enterrado en el cementerio civil pero con una gran cruz cristiana de piedra roja o la de mi primo segundo, que pidió grabar sobre su lápida de mármol el símbolo masónico, hoces y martillos comunistas y una frase sobre el cielo en la tierra en el cementerio de la Almudena? ¿O ambas te parecen graves extravagancias?

Cuando te mueres, todo te da igual. Cuando aún vives, quieres que te recuerden de una manera u otra. La cruz es para congraciarse con el cielo, por si existe. El símbolo masónico es para demostrar que se tenía el valor de ir contracorriente. En cualquier caso, una lápida es una ejercicio de vanidad. ¿Has hecho algo bien en esta vida por lo que se te tenga que recordar? ¿No? Pues entonces, ¿por qué forzar que te recuerden por un epitafio?

¿Practicas algún tipo de ejercicio físico?

No. Lo siento mucho, porque sé que es un error, pero así son las cosas.

¿Prefieres los animales a la gente?

Obviamente. Especialmente los perros. Aunque no le hago ascos a los elefantes.

¿Prefieres madrugar o trasnochar: eres alondra o búho?

Madrugar es más sano, pues vives con el sol, que es para lo que estamos programados desde milenios. La noche tiene el encanto de lo prohibido, pues se hacen cosas en ella que no quedarían bien a la luz del día, pero eso no deja de ser algo interesante solo de vez en cuando. Para diario, es más sano levantarse pronto. Yo duermo poco, trabajo por las mañanas y cuando el mundo se levanta, yo ya he escrito algunas cosas y hecho algunas otras, con lo que el día me cunde mucho más.

¿Preguntas que harías a una persona a la que quisieras conocer de verdad?

No necesito hacerle preguntas. Miro los libros que tiene en sus estanterías y me hago una idea muy certera de quién es y qué piensa, si es que lo hace.

¿Pretendes en tus libros sobre literatura dar solo una visión diferente de la literatura o denunciar el lugar poco merecido que algunos autores y sus obras ostentan?

Ambas cosas. Se debe tener una visión humorística de la realidad, porque el mundo es ya es por sí demasiado serio y el hombre debe compensar esto. Y, por otro lado, siempre hay que denunciar tópicos y rebelarse contra el concepto de cultura impuesta. La literatura es maravillosa, pero subjetiva. El mayor ejercicio de control que se puede ejercer sobre el hombre es decirle lo que tiene que pensar. Y eso es lo que se hace cuando se imponen lecturas. Cuando aseguras desde tu posición de poder que tal autor o tal obra es lo mejor que hay y afirmas que debe gustar a todo el mundo, estás llevando a cabo una de las peores represiones. Habrá espíritus libres que no te hagan caso y piensen por su cuenta, pero mucha gente te creerá, te obedecerá y respetará los modelos que tú les propones. Leerá el libro que tú quieres y tendrá las nociones que a ti te convenga que tenga. Contra eso hay que rebelarse y la mejor forma es bajar de su pedestal a los modelos injustamente encumbrados.

¿Principio o verdad absoluta de lo políticamente correcto que te parece más tonto?

Decir necedades como 'todos y todas', con lo que no ayudas ni lo más mínimo a las mujeres en su legítima lucha por conseguir igualdad de derechos, de sueldo, etc.

¿Pueden haber asíntotas oblicuas y horizontales en una misma función matemática?

Una función racional solo puede tener más de una asíntota vertical, pero solo una que sea horizontal u oblicua: una u otra, no las dos. Esta respuesta la he tenido que buscar, porque ignoro por completo que es una asíntota y, a decir verdad, saberlo no me ha hecho falta alguna para vivir. He engendrado árboles, escrito hijos y plantado libros (o como se diga) sin mayor problema durante años sin conocer las matemáticas.

¿Puedes citar un poema alegre de Luis Cernuda? Si no lo encontraras, valdría uno de Vicente Aleixandre, nuestro ilustre premio Nobel.

Lo primero es imposible. En cuanto a lo segundo, yo tampoco puedo. Me encanta la poesía y me sé de memoria muchos versos de muchos vates, pero Aleixandre es un caso aparte. Dijo que la poesía es comunicación y no se le entiende una mierda (perdón por el disfemismo, pero era el que procedía).

¿Qué autor habrías querido ser —o has sido— en otra vida?

Me gustaría ser Lope, para poder atacar de cerca a Cervantes, al que no soporto.

¿Qué cita de tu autoría aspira a la celebridad?

«La filosofía es el golf de los pobres».

¿Qué convierte un libro en una obra de baja calidad? Yo tengo la impresión de que muchos críticos se dejan llevar por sus gustos e ideologías antes que por criterios objetivos. ¿Qué piensas tú?

Es difícil aplicar criterios objetivos al arte (literario en este caso). Kirk Douglas decía que puedes hacer un concurso de vacas, ya que puedes medir objetivamente cuánta leche da cada una, pero que no puedes dar un Oscar a una película alegando que es mejor que las otras. En arte sólo puedes valorar científicamente el error. En cuanto a los aciertos, son una apreciación subjetiva y a distintas personas les gustan distintas cosas. Un libro sería de baja calidad si su argumento fuese banal o poco original; si su lengua fuese incorrecta, su estilo vulgar, su desenlace previsible; si sus diálogos fueran superficiales o sus descripciones aburridas. Hay muchas formas de ver la mala calidad.

¿Qué crees que es más importante, la cantidad o la calidad? (Piensa esta respuesta como si fueras trabajador autónomo.)

Es difícil conseguir ambas, pero ambas son importantes. Si le preguntas a un náufrago en una isla desierta si prefiere algunas patatas de calidad o muchas patatas, probablemente elegirá lo segundo. O, empleando otro ejemplo: en tu vida, ¿preferirías muchas aventuras amorosas o tan sólo una? En mi caso concreto, he optado obviamente por la cantidad, pues en lugar de escribir pocos libros buenos, he escrito muchos malos.

¿Qué dirías acerca del panorama literario actual? ¿Verdadero arte, compadreo o simples manifestaciones de expresión? ¿Dónde acabaría la simple manifestación de algo y empezaría la literatura como arte? La lectura de algunas de las novelas que han recibido el premio planeta me han conducido a no volver a comprar ninguna. ¿Consideras que estoy en lo correcto? ¿Qué recomendarías para descubrir el verdadero arte literario y no arruinarse en el intento?

Son muchas preguntas. Los premios están amañados y son el fruto de la labor de un *lobby* que insiste. Por otra parte, el dinero que se invierte en la publicidad es tanto, que la novela vende, sea buena o mala. Si con un millón de euros de publicidad ganas siete (es un cálculo), da igual que el libro sea bueno o malo: la gente lo comprará por igual, por lo que te puedes permitir el lujo de publicar a tu cuñado y no leer los buenos manuscritos que te han llegado. Para leer buena literatura hay que recurrir a los clásicos, que están probados por décadas o siglos de decantación. La mayor parte de lo que se escribe es malo (siempre ha sido así, pero las obras malas antiguas se han olvidado). Así es que pretender que la novela que se escribió ayer y leemos hoy sea muy buena es algo con pocas probabilidades de suceder. Deja de leer premios y busca por otros medios. Si te gusta un autor, léelo íntegramente, no solo sus obras más famosas. Es mejor releer lo seguro que aventurarse. Wilde dijo que el libro que no se podía leer dos veces no merecía la pena que se leyera ni una sola.

¿Qué dirías que define mejor tu estilo?

Es difícil autodefinirse. En mi estilo hay muchos elementos diversos, aunque la desmitificación es el principal, creo. Por ello entiendo presentar las cosas supuestamente importantes de una manera paródica, mediante un cambio de nivel que las acerque al lector. También hay mucho culturalismo (referencias a datos, personajes, teorías, etc.) y creo que una amplitud de vocabulario. También habría que destacar el elemento apócrifo, pues me invento autores, libros y datos con total desfachatez. Nunca debe creerse nadie nada de lo que yo pueda decir, pues muy posiblemente sea mentira.

¿Qué dirías tú acerca de la creación artística? En *Mensajes de un mundo olvidado*, Stefan Zweig, en el capítulo dedicado a la creación artística, la compara con algo «divino, prodigioso y misterioso que sobrevive al tiempo». ¿Estás de acuerdo?

Zweig era un poeta. Su mujer le recriminaba que a veces se pusiera lírico y «cantara un aria», aunque estuviera escribiendo la biografía de Erasmo de Rotterdam. Su prosa es magnífica, pero recordemos que era fruto del *cannabis*, algo que nunca negó. Por otra parte, la creación literaria no le fue tan satisfactoria, porque se suicidó por unos nazis de más o de menos, con lo que la literatura no le fue suficiente para vivir feliz. Yo creo que la creación artística es sublime: nada justifica tanto una existencia como crear algo bello, si exceptuamos descubrir un fármaco que salve vidas.

¿Qué epitafio te gustaría que presidiese tu tumba?

«Hizo reír».

¿Qué es eso que te gustaría haber hecho y se te ha quedado en el tintero y por qué?

Me hubiera gustado tirarme en paracaídas, pero lo fui posponiendo y, tras operarme del corazón, ahora no me dejan.

¿Qué es más condenable: el mal humor o el humor malo?

El mal humor. El humor malo es cuestión de grado y a alguien puede parecerle divertido. Pero estar cabreado con el mundo es ser poco generoso, pues la vida es maravillosa a poco que la sepas interpretar. Si no fuera así, todos querríamos estar muertos y no es el caso.

¿Qué es más inteligente, preguntar o responder? ¿Y cuál de las dos acciones implica mayor anhelo de sabiduría?

Preguntar es excelente si preguntas a la persona adecuada. De otro modo, perderás el tiempo y te aburrirás con las necedades que te contesten. Responder es imprescindible. Una pregunta implica afán de saber (aunque sea algo sin mucha importancia) y merece una respuesta buena, pues la mayor parte de la gente no sabe nada ni tiene interés en saber nada ni le preocupa porque nadie sepa nada. Al responder, pones en orden necesariamente tus ideas en tu cabeza y lo ves todo más claro que antes, con lo que ayudas al que te pregunta y te ayudas a ti también a ser más sabio.

¿Qué es más tópico en tu caso, regalarte una corbata o un libro?

Corbatas no uso, salvo en el teatro. Y hay muchos libros que tampoco uso y que me regalan. Los rerregalo yo a mi vez, a amigos o a enemigos (según que el libro sea bueno o malo).

¿Qué fue antes el huevo o la yema?

La yema, como núcleo de lo que se desarrolló después. La teoría de la célula lo demuestra.

¿Qué habrías hecho si no hubieras decidido ser escritor y llevar una vida creativa?

Es que si no fuera escritor hubiera querido ser escritor. Pero mi otra gran vocación es el teatro. Hubiera querido ser actor.

¿Qué hace que cierres un libro y no lo vuelvas a abrir?

Pueden ser varias cosas. Una estructura gramatical incorrecta que me indique que el autor no conoce bien su lengua, un elemento argumental copiado de alguna obra anterior o simplemente la impresión de que aquel libro no me aportará nada. Yo comienzo un libro y si a las treinta o cuarenta páginas no me ha enganchado por algo (el argumento, un personaje, el estilo), lo dejo. No hay tiempo en el mundo para leer todo y los libros son algo genial, pero no son sagrados: no hay necesidad de leerlos todos. Julián Marías dio el concepto de la «calidad de página». Abres un libro por una página al azar y tiene que haber en ella algo bueno. Si no, no merece la pena.

¿Qué haces con el lector sádico que se empeña en no esbozar ni la más mínima sonrisa ante tus libros humorísticos?

Siento lástima por él, porque una vida sin sentido del humor es como una vida en blanco y negro o una vida sin música: un triste sucedáneo.

¿Qué haces cuando te atascas escribiendo?

No lo sé: no me ha pasado nunca. Generalmente escribo varias libros a la vez y, según me apetece, me dedico a uno o a otro. Pero el atasco del escritor, ese que en las películas nos muestra a un hombre que sufre y borra lo escrito en el ordenador o arranca el papel de la máquina de escribir y lo tira a una papelera, ese no lo he conocido nunca. Yo no sufro escribiendo sino que, por el contrario, me lo paso muy bien.

¿Qué haces cuando un vecino amenaza con colársete en el ascensor donde estabas solito tan ricamente?

Me aguanto. No me gusta enfrentarme a los matones; ya lo hice en el colegio y estoy muy mayor para ir por el mundo haciendo de Amadís e intentando obligar a la gente a comportarse.

¿Qué hay de lo mío?

Esta es la gran pregunta del ser humano, que en su egocentrismo solo se preocupa de su propio beneficio. Yo he recibido en esta vida regalos de la genética y de la suerte. Lo demás lo he conseguido con mi propio esfuerzo. Quiero decir que los demás no me han regalado nada y cuando he preguntado «¿qué hay de lo mío?», no había nada.

¿Qué idea para una novela le sugerirías a Julio Verne si levantara la cabeza?

Si levantara la cabeza, no necesitaría que nadie le sugiriera nada: tendría ideas a miles, pues fue un fuera de serie de la invención y en sus novelas hay argumentos que nunca antes se habían tocado (algo que no puede decirse de los dramas de Shakespeare ni de las novelas de Dostoyevski). Le sugeriría —es obvio— un viaje por tierra alrededor de este mundo nuestro globalizado, con la nostalgia de lo que era antes y las aventuras frente a la degradación climática del planeta.

¿Qué imágenes, dentro del esquema clásico, te pasarían por la cabeza si te estuvieras ahogando?

Pues una vez casi me ahogué y no pensé en nada, salvo en que había sido un estúpido por nadar tan lejos de la costa. No creo que se piense nada en especial: eso es literatura, pero en la vida real las cosas funcionan de otro modo.

¿Qué le dirías a tu abuelo Jardiel si se levantase de su tumba? ¿Habría debate generacional?

Probablemente él me diría que cómo me he atrevido a publicar material inédito que él consideraba malo y que quería que quedase inédito. Yo le contestaría que los textos eran buenos y que los jardielistas tenían derecho a disfrutarlos. No habría debate generacional, porque él era un avanzado.

¿Qué le sobra al *Quijote*?

Al *Quijote* le sobra todo el texto. Lo único bueno que tiene es la idea del libro, pero la realización del mismo es penosa: prosa farragosa, errores, contradicciones, moralina continua, humor basado en el insulto y la violencia...

¿Qué lugar elegirías si tuvieras que vivir en él, sin poder salir jamás?

La Biblioteca Nacional. Aparte de los libros es un lugar lujoso, amplio, bien ventilado... Mucho mejor que un chalet en la sierra.

¿Qué opinarías de alguien que calificara tu estilo humorístico como pasado de moda?

Lo consideraría un elogio. Desprecio profundamente las modas que, por definición, son pasajeras. A juzgar por las ventas, Belén Esteban está de moda; en cambio, Dostoyevski no lo está. Si la moda es un criterio de calidad para alguien, no puedo respetar la opinión de ese alguien. Yo no quiero estar de moda unos días; soy más soberbio y aspiro a perdurar. Además, lo que supuestamente pasa de moda, vuelve a estar de moda cíclicamente. Como dijo Wilde, no hay libros morales o inmorales, actuales o anticuados, o cualquier otra definición dicotómica, sino simplemente bien o mal escritos.

¿Qué opinas de la «razón de la sinrazón» de don Quijote?

«La razón de la sinrazón» no deja de ser un oxímoron que suena bien, pero que es un quiero y no puedo. Cuando decimos que hay lógica en la locura es para justificarla, pero por falta de valor para decir que lo bonito de la sinrazón es precisamente eso, que es sinrazón. Uno de los grandes fallos del *Quijote* es que Cervantes no ser atrevió a defender la locura de su protagonista como algo ideal, sino que al final de la novela le hizo recobrar la razón, reconocer que había hecho estupideces y pedir perdón por ellas, lo que equivalía a adaptarse al discurso dominante y aceptar el sistema y la opinión de la mayoría.

¿Qué opinas de los muchos premios literarios que se convocan hoy día?

Yo no participo ni mando mis libros. Me parece muy bien que existan, pues fomentan la escritura. He sido jurado en varios y nadie me ha hecho presión, por lo que no puedo decir que estén amañados; pero he visto muchos libros malísimos premiados, por lo que deduzco que los criterios de los jurados son muy particulares.

¿Qué opinas del esfuerzo de los humanos por «ser rectos»?

«Ser recto» es una noción deleznable, pues no deja de ser una obligatoriedad moral impuesta por alguien, una forma de conducta que le parezca bien a quien mande en ese momento.

¿Qué opinión te merece la gente que en forma de queja dice: «tengo nervios»?

Todos tenemos nervios y es nuestro deber aprender a controlarlos para no incomodar a los otros. Los que «tienen nervios» están solo usando esto como excusa para poder tener una conducta inexcusable.

¿Qué papel crees que ha jugado Silvio Berlusconi en la formación de nuestro espíritu nacional?

No tengo ni idea, porque la política y los políticos me aburren soberanamente.

¿Qué papel le asignas tú al monoteísmo en la decadencia actual?

El papel principal. El monoteísmo es nocivo. Un solo dios implica la no aceptación de cualquier otra forma de entender el universo y, consecuentemente, el deseo de destrucción del que no piensa como tú. La Historia lo demuestra; no hace falta que lo diga yo.

¿Qué perdemos entre la infancia y la adultez, y que no deberíamos perder para seguir siendo humanos?

El juego. Que, aunque es una actividad a la que los niños se dedican más, no debe perderse en los adultos. Todo este universo no es sino un juego cósmico y nuestro error es tomarnos demasiado en serio lo que contiene: países, ideologías, religiones y a nosotros mismos, como especie y como individuos aislados.

¿Qué piensan, no los poetas andaluces, sino los humoristas españoles de ahora?

Como los poetas andaluces de Aguaviva, los pocos humoristas verdaderos de ahora piensan (y piensan acertadamente) que están solos, pues se hayan rodeados de famosillos televisivos supuestamente graciosos, sin ninguna preparación literaria ni actoral, que se figuran que pueden hacer humor solo con decir palabrotas, con dragqueenizarse, siendo gordos, poniendo caras raras o apelando a cualquier otro recurso facilón y manido. En un supuesto programa televisivo de humor emitido recientemente en el que se encerraba a diez humoristas españoles durante unas horas para que se hicieran reír unos a otros, uno de ellos se untó la mano de Nocilla, hizo creer a los demás que eran sus propios excrementos y les embadurnó la cara con ella. Este es nuestro nivel de humor actual. Al final del programa se tiraron tartas a la cara en la mejor tradición (yo creía que ya superada) de las películas de Jaimito. El ganador del concurso de humoristas fue un personajillo que no es humorista, un señor que, aparte de pintarse las uñas de colores y hacer ostentación extrema e innecesaria de su homosexualidad, no se sabe que sepa hacer nada más ni haya hecho nunca nada más en esta vida.

¿Qué piensas de los *best sellers* que fabrica la publicidad?

Cuando se invierte mucho dinero en la publicidad de un libro, ese libro se vende, independientemente de que sea muy bueno o muy malo. Lo lee gente que no ha leído antes nunca nada y no tiene realmente criterio para elegir. La literatura es aquí un bien de consumo, sin mayor trascendencia. Si el libro no funciona, al mes las editoriales lo convierten en pulpa de papel y se lanzan al siguiente. Todo el proceso de elaboración de un best-seller, su venta y lectura son como algo ajeno a la literatura. Pero son productos que no perdurarán. En los años veinte, el novelista español que más vendía y de más fama gozaba no era Pérez Galdós ni Baroja, sino Felipe Trigo, al que hoy nadie recuerda y cuyo nombre ni figura prácticamente en casi ninguna historia de la literatura. Hoy en día, el enemigo número uno del escritor es la televisión, no tanto por sus contenidos, sino por la afición de las editoriales de dar prioridad a los nombres que son famosos por salir en ella. Es más fácil que una editorial acepte un manuscrito de un famoso televisivo (aunque sea el hombre del tiempo o el presentador de «La ruleta de la fortuna») que de un escritor profesional que lleve muchos años perfeccionando su estilo.

¿Qué querrías cambiar en este mundo a través de tus libros si pudieras?

Supongo que el concepto de nación, que tanto daño hace y que tanta violencia y discriminación genera. Ya está tardando un gobierno mundial, que acabe con las guerras entre países, con los problemas que tiene toda la humanidad y que ningún país por separado quiere ni puede resolver.

¿Qué sabor te dejó tu estancia en la India en las vicisitudes cotidianas y espirituales?

Mis dieciocho años en la India fueron un regalo intelectual y emocional, en los que más aprendí y a los que le debo lo poco bueno que pueda haber en mi persona o en mi obra.

¿Qué sacarías de tu casa en llamas?

Obviamente lo irrepetible: mis escritos aún no publicados, las fotos de familia, los manuscritos de mi abuelo. Los papeles burocráticos se pueden volver a conseguir.

¿Qué sería de la belleza sin un haiku que la expresara?

Yo creo que los haikus están sobrevalorados. Son las seguidillas de toda la vida: tres versos, de 5, 7 y 5 sílabas y sin rima, lo menos que dan de poesía. Un ejemplo mío: «Si en el bizcocho / no pones levadura, / queda incomible». Ahora bien: si por haiku te refieres a cualquier literaturización, entonces es otra cosa. Pero un paisaje o un bello animal no necesita literaturizarse para ser bello y que lo apreciemos.

¿Qué sientes cuando te encuentras con alguien que es incapaz de reírse de sí mismo?

Siento lástima, porque quien no puede reconocer sus propios defectos y aceptarlos es un fatuo con una opinión excesivamente buena de sí. Ese tipo de personas, sinceramente, no me interesa. Así es que, como ya digo, sentiría lástima, pero no mucha, porque la gente sería puede llegar a ser muy peligrosa.

¿Qué tal ves el panorama literario en España?

No lo veo. Hay grandes escritores (en este país siempre los ha habido) pero son los famosos televisivos los que venden más libros. Un editor y poeta a quien admiro mucho me dijo hace poco que si los escritores fueran tan famosos como los cocineros de alta cocina, este país quizá podría tener salvación. No se puede decir de mejor manera.

¿Qué te da más miedo?

Las burocracias. Nada me atemoriza más que tener que hacer papeleos o gestiones oficiales.

¿Qué te escandaliza, si es que hay algo que te escandalice?

No me escandaliza nada de lo que suele escandalizar a la gente. El verdadero escándalo es que sea la gentuza la que gobierne el mundo y la gente lo acepte sin rechistar.

¿Qué te gusta más para veranear, la playa o la montaña?

Me gusta mucho el mar, no la playa. El mar es agua, frescor y poesía. La playa son turistas, macarras y basura. Yo digo lo que decía Lawrence de Arabia cuando le preguntaban por qué le gustaba el desierto. Contestó: «Porque está limpio».

¿Qué te gustaría ser si pudieras ser otra cosa?

Un animal querido. Los animales, si tienen salud y comida, son esencialmente felices. No precisan de nada más.

¿Qué te parece eso de que los hijos vengan siempre al mundo con una barra de pan debajo del brazo?

Es mentira. Cuando nació mi hija, me quedé sin trabajo. Es un bulo propalado por los ricos para que los pobres se hagan ilusiones y se conformen con su suerte.

¿Qué tipo de preguntas te asustan más en una entrevista?

Ninguna. Desgraciadamente yo soy un bocazas y opino de todo, así es que ninguna pregunta me asusta. Si es un tema que domino, la contesto con aplomo y sensatez. Si no sé nada del tema, me lío la manta a la contesto igualmente.

¿Qué título le pondrías a tu vida si fuese una comedia?

Podía elegir un título al estilo de una comedia de enredo de Calderón, como por ejemplo *Amar armándose un lío* o *El verdugo de sí mismo*.

¿Quién se toma la vida con más humor, el hombre o la mujer?

El humorismo —y que me perdonen las féminas— suele ser masculino. Ellas se toman la vida más en serio y quizá está bien que lo hagan. Son más prácticas que los hombres, tienen más los pies en la tierra y no se dejan arrastrar tanto de fantasías. Y en lo literario, prefieren leer lo dramático e incluso escribirlo. Ha habido muchas grandes escritoras dramáticas, pero poquísimas cómicas.

¿Quiénes son los inventores del pasado?

Obviamente, los políticos a los que les interesa dar una respetabilidad a su forma de actuar y modifican la historia para su propio beneficio.

¿Sabes cocinar?

Me defiendo bien, aunque no me gusta.

¿Saludas al respetable en busca de aplausos cuando te equivocas o pides perdón?

Yo pido perdón con gran facilidad, tanto por las cosas que hago mal como por las que hago bien e incluso por las que no he hecho yo. No me siento humillado en absoluto al hacerlo y a veces es mejor asumir la culpa ajena y pedir perdón que emperrarse en peleas que no llevan a ningún sitio.

¿Sanción que impondrías a los que cuelgan chistes malos en las redes sociales?

Un castigo menor que a los que cuelgan vídeos de caídas, porque si el chiste es malo puede ser porque el que lo cuelga no tenga discernimiento literario, aunque su intención sea buena. Pero reírse de que los demás se caigan y se hagan daño denota un alma malvada.

¿Se precisa que ocurra algo para escribir sobre ello o vale con escribir para que algo suceda?

Como dijo Balzac, «Todo es tema». Escribir es cuestión de perspectiva. Si consigues una manera nueva de ver las cosas de siempre, puedes escribir sobre ellas y no hace falta que ocurra nada. La gente que escribe sobre lo inmediato no me entusiasma. Muchos que no han escrito en su vida, lo han hecho acerca de la pandemia. De no haberla habido, no habrían sabido qué contar ni qué decir. ¿Es probable que esa gente nos diga de pronto algo profundo y que perdure? Lo dudo. Lope escribió *La gatomaquia*, amores de gatos en los tejados. No había sucedido nada especial esos días y él se sacó de la manga una obra maestra.

¿Se te ocurre que podríamos decir alguna mamarrachada más, aparte de yo, mí, me, conmigo, ya, ma, ma, conmiga y ye, me, me, conmegue?

Todavía se inventarán más cosas innecesarias. No es hablando de los jirafos, los cebros, las rinocerontas y las hipopótamas como se favorece a las que han estado desfavorecidas durante siglos. A las mujeres hay que tratarlas en pie de igualdad, con todo el respeto imaginable, y pagarles igual que a los hombres, por supuesto; pero diciendo «amigos y amigas» no se las ayuda en absoluto. Eso es simplemente un tapabocas estúpido y léxicamente muy incorrecto.

¿Secreto que estás deseando confesar?

Yo no tengo secretos. Soy un bocazas y lo cuento todo en cuanto me preguntan. Es más, no puedo callarme mis opiniones, por incómodas que resulten, lo que me ha hecho enajenarme a muchos en muchas ocasiones.

¿Ser nieto de quien eres ha influido en tu trayectoria?

Ser nieto de Jardiel Poncela es obviamente un orgullo para mí y me ha proporcionado una base cultural muy sólida. Pero, en realidad, mi faceta teatral me viene dada por mi padre, que provenía de una familia de actores de varias generaciones. Mi madre también fue actriz y yo el teatro lo he aprendido directamente de ellos. En cuanto a mi vínculo con Jardiel he de decir que no me ha abierto ninguna puerta, que yo sepa.

¿Significado del teatro en tu vida?

Se ha dicho que el teatro es la casa de todos, no sé si es cierto. Desde luego, es la mía. Yo me crie asistiendo a los ensayos y las funciones de mi padre y en mi casa los libros que había eran ejemplares de obras teatrales. Siempre he hecho teatro, de una u otra forma; y, si no me pagaran por hacerlo, pagaría yo por hacerlo (aunque es mejor que las empresas de espectáculos no sepan esto).

¿Sigue siendo la India una parte importante de tu vida? ¿Sigue guiando o influyendo de forma notable en tu vida la cultura que viviste allí?

Vuelvo todos los años y es mi segunda patria, por no decir la primera, puesto que me identifico más con la vida de allí que con la de aquí. Su pensamiento es el que me ha formado.

¿Suelen decepcionarte tus amigos?

Suele pasar. Es triste ver cómo la búsqueda del poder o el dinero hace que algunos te traicionen.

¿Te consideras ecologista?

Soy ecologista, por ser panteísta. Ya lo dijo el latino: *«Quod est Deus? Quod vides totum et quod non vides totum»*. Todo lo que hay es una misma substancia. Maltratarla es tan estúpido como darse uno mismo puñaladas en un brazo.

¿Te consideras un hombre pacífico, violento o depende del viento?

Soy pacífico. He dado alguna bofetada en mi vida, pero pocas. Cuando he tenido una grave enemistad, he atacado con mis escritos, que han sido más efectivos que otros tipos de violencia.

¿Te divierten los chistes verdes?

Los detesto. El sexo puede ser sugerente. pero no es gracioso. Reír de palabrotas, procacidades, disfemismos y guarradas implica un espíritu inferior.

¿Te encariñas con tu producción?

No publico todo lo que escribo. A veces hago cosas tan malas que me daría vergüenza que nadie las viera. Sirven como ejercicio y quizá de base para escritos futuros. Pero son también cosa necesaria, para ayudar a superarte y no perder el sentido crítico. A veces me arrepiento de haber roto y tirado cientos cosas que me acabaron pareciendo muy malas. Creo que daría algo importante por recuperarlas, si eso fuera posible, pues siempre se podrían rescribir a la luz de la experiencia.

¿Te envaneces por el simple hecho de publicar casi veinte libros al año?

No me envanezco en absoluto, pues escribiendo una hora diaria (lo cual es una jornada laboral muy apañadita) salen esos libros. Yo no presumo de lo que hago, pero sí siento vergüenza ajena de los escritores que se tiran ocho años para parir una novela. Me parecen unos vagos.

¿Te gusta la zarzuela? Si así fuera ¿cuál la que más?

La zarzuela me encanta, siempre me ha encantado. La mezcla de música culta y popular en ella es admirable. Además, en España nunca triunfó la ópera y los grandes compositores se dieron a la zarzuela. De muy pequeño me tarareaban fragmentos y me preguntaban de qué zarzuela era y yo siempre lo adivinaba, como un repelente niño Vicente del género.

Me apena mucho que haya desaparecido. Me indigna que los incultos hablen de ella como del «género chico», cuando este solo es una de sus variedades, y que confundan este con la zarzuela grande. Me indigna también que, existiendo miles y miles de zarzuelas en partitura, solo haya grabaciones de unas ochenta y que solo se suelan representar unas diez, las mismas de siempre. Me solivianta que el Teatro de la Zarzuela —pagado con fondos públicos— haga montajes penosos y no se dedique a recuperar grandes piezas. Yo he escrito una *Historia cómica de la zarzuela* (Editorial Verbum) con todo mi cariño. En cuanto a la que más me gusta, no podría decir, pues hay muchas. Mis compositores preferidos son Barbieri, Serrano, Luna, Alonso, Marqués y Vives. En segundo lugar (me gustan menos) Guerrero, Chueca, Moreno Torroba, Lleó, Bretón, Arrieta, Padilla, Fernández Caballero y Sorozábal. Yo me he criado con aquellas grabaciones donde intervenían Manuel Ausensi, Carlos Munguía, Alfredo Kraus, Renato Cesari, Gerardo Monreal (tenor cómico: mi preferido), Teresa Berganza, Lina Huarte, Toñi Rosado, Ana María Iriarte y compañía.

¿Te gusta todo lo que escribió Jardiel?

Pues no todo. Hay una comedia —*Como mejor están las rubias es con patatas*— que no me gusta ni pizca. El resto, sí. Y hay escritos, como *La «tournée» de Dios*, que me parecen obras maestras.

¿Te habría gustado ser celestina?

Uno de los papeles que más quieren representar los actores varones (a decir de una encuesta que se hizo una vez) es el de Brígida, de *Don Juan Tenorio*, una celestina de libro. Pero yo no tengo ese prurito. Me he vestido de mujer en alguna comedia pero no lo he disfrutado. Además, soy enemigo de las modas y los perifollos.

¿Te has batido en un duelo al amanecer contra algún descendiente de Mihura?

Ninguno ha tenido valor para batirse conmigo. Y no me extraña, porque al estar la razón de mi parte, no hubieran tenido argumentos con qué defenderse. Para el que no sepa de qué va la cosa, contaré que Jardiel se quejó de que Mihura (que era compañero de letras en revistas de los años veinte) le copió procedimientos cómicos, lo cual no es un alegato arbitrario, sino un hecho constatado por la crítica literaria. Mihura se resintió, por otra parte, del éxito teatral de Jardiel, que era el amo del Teatro de la Comedia, por así decirlo, y estrenó todo lo que le dio la gana. Mihura, en cambio, no conseguía estrenar y tuvo que esperar a que muriese Jardiel en 1952 para estrenar *Tres sombreros de copa*, que la tenía escrita y en un cajón. muerta de risa, desde 1934. Yo creo que hay sitio para ambos en nuestras letras, pero muchos historiadores de la literatura no quieren incluir a los dos y mencionan a uno u a otro como el único maestro del teatro cómico del siglo XX.

¿Te inspira el mundo que ves?

Intento evitar la actualidad. No quiero que me pase como a Aristófanes, cuyas comedias lees y te dices: «Esta sátira en su día sería graciosísima, pero yo no me entero de contra quién iba dirigida ni por qué.» Me ha sucedido concebir algo, posponer su redacción unas semanas y hallar que ya no tenía sentido escribir sobre algo pasado de moda. Cuando tengo esa sensación procuro escribir sobre algún filósofo presocrático o cosa por el estilo, para compensar la evanescencia y efimeridad del presente.

¿Te ríes fácilmente? ¿Con qué tipo de chistes?

Me es difícil reír con cualquier cosa, porque ante un chiste, la deformación profesional me hace analizarlo para ver cuál ha sido el elemento cómico que produce el efecto deseado. Sin embargo, veo el lado divertido de muchas cosas que, para los demás no son graciosas. Personalmente, los chistes verdes, que gustan a tanta gente, no me hacen ni pizca de gracia.

¿Temiste en algún momento que ninguna editorial se atreviera a publicar tus libros?

Eso sucede muy a menudo. Todos los autores, tanto los que han publicado muchos libros como los que publican poco, suelen tener otras obras escritas en un cajón cuya suerte futura ignoran. Salvo los libros de encargo (y esos sólo se hacen a autores ya conocidos) todo libro que emprendes es una aventura y ese temor a que no se publique te asalta indefectiblemente. Así es que la pregunta a un autor de cuántos libros ha escrito es incorrecta. En ese caso lo que se le quiere preguntar es cuántos libros ha publicado. Seguro que ha escrito otros más. Un libro no publicado es fuente de tristeza y frustración para un autor, no por el prestigio o los beneficios que se pierden, sino por la ilusión y el trabajo que conlleva; es como tener un hijo feo al que nadie quiere. Publicas un libro que no te ha supuesto mucho esfuerzo y que consideras que es mediocre y no consigues publicar a lo mejor otro que te parece muy bueno y en el que te has esforzado infinitamente más. La escritura es una actividad peculiar.

¿Tenemos sentido del humor en nuestra sociedad? Parece que últimamente se ha perdido y nos enzarzamos más en peleas dialécticas.

No hay que confundir el sentido del humor con el ataque ingenioso al enemigo. De eso sí tenemos mucho en nuestra sociedad y hacemos un chiste sobre cualquier suceso o sobre cualquier desgracia. Pero reírse del enemigo es fácil, pues el hombre es imperfecto y nuestro enemigo seguro que hará o dirá algo de lo que sea fácil burlarse. Lo difícil es hacer humor sin insultar a nadie, hacer humor por el humor, arte por el arte, sin salirse de los límites del buen gusto. Eso escasea más. Tenemos poca literatura de humor en nuestro país y muchas viñetas políticas o escatológicas corriendo por las redes sociales. Yo pretendo dignificar un poco el género, en la medida de mis limitadas posibilidades. Y aunque utilizo la sátira y la parodia como elementos de crítica sociopolítica, intento también hacer humor blanco, por así decirlo, mostrando la parte divertida de cualquier cosa.

¿Tiendes a creértelo cuando te dicen que estás cada vez más joven y más guapo?

Claro que no. «Más joven que antes» es algo que no existe en este universo. Me pregunto por las intenciones del que me lo dice.

¿Tienes algunos autores de cabecera?

Sí y les soy muy fiel, en el sentido de que releo muchísimo. Prefiero muchas veces volver a leer un libro satisfactorio que perder el tiempo con obras mediocres que no conozco. También soy exhaustivo, pues no creo en absoluto en el talento de los antólogos. Cuando nos dicen que las mejores obras de un autor son ésta y aquélla, suelen olvidarse de otras menos conocidas y no por ello peores. Cuando me ha gustado un escritor he procurado siempre leer absolutamente todo lo que escribió y he encontrado verdaderas maravillas que ningún crítico se molestó en mencionar. En cuanto a hacer una lista de mis autores preferidos, sería imposible. Leo mucho teatro y los barrocos españoles (Lope, Tirso, Calderón y compañía) me parecen lo mejor de lo mejor. Me agradan moderadamente Shakespeare, Schiller y Molière. A Racine, Corneille y Moratín se los regalo a quien los quiera. También soy muy aficionado a la novela. Dostoyevski y Balzac figuran entre mis preferidos, así como Gracián y Quevedo. Y luego, Herman Hesse, Stefan Zweig, Ayn Rand, Isaac Asimov, Umberto Eco, Eduardo Mendoza... Un montón. De entre los poetas, Góngora es insuperable, aunque no le hago ascos a Walt Whitman. De filósofos, Spinoza, Voltaire, Schopenhauer, Ortega y Bertrand Russell. Se me están olvidando algunos cientos. De Cervantes no es que me haya olvidado. No lo he mencionado entre mis preferidos porque me parece un escritor fallido, sin pizca de gracia y con una prosa farragosa que no ha leído casi nadie, pese a todo el bombo que se le pueda dar. Ya sé que esta opinión no gustará a muchos, pero ¡qué se le va a hacer! Estamos aquí para decir la verdad.

¿Tienes muchos amigos?

No tengo muchos, pero sí buenos, que es lo importante.

¿Título que nunca pondrías a un libro tuyo?

Un título con un verbo en imperativo, tipo *Ven, que te espero*, *Escucha mis palabras*, *Decide por mí* o cualquier otro de esos títulos cursis de las novelas rosas actuales. Tampoco usaría nunca, nunca ningún disfemismo, pues los odio. Recuerdo un libro titulado algo así como *La polla más grande del mundo y otros 99 cuentos eróticos* y me pregunté: ¿ni al autor ni al editor les ha parecido de mejor gusto ninguno de los títulos de los otros noventa y nueve cuentos para encabezar el volumen?

¿Tres actrices de cine clásico con quienes no te hubiese importado compartir una reparadora siesta?

Sofía Loren y Virna Lisi no habrían estado mal. Tampoco me habría disgustado Anne Bancroft para siestear.

¿Tu autor literario actual preferido? (No vale la autopromoción).

No sé si tengo alguno. Entiendo que la pregunta se refiere a españoles vivos. Me gustan algunas novelas de Eduardo Mendoza (las cómicas), algún ensayo de Fernando Savater y poco más. Pasamos por un páramo literario en donde solo abundan las novelas rosas con pretensiones de calidad. Un historiador de la literatura del 2050 tendrá problemas para decir qué autores destacaron en las primeras décadas del siglo.

¿Tu cantautor favorito? El mío es Sabina y la mía, Lucía Caramés.

Paco Ibáñez, sin lugar a dudas. Con su obra acercó la poesía a miles de personas que, de otra forma, no la habrían amado ni sabido apreciar. En cuanto a Sabina, y pidiéndote perdón, te diré que no lo soporto. Y no me preguntes por qué, ya que tendría que decir cosas muy feas.

¿Tu Everest literario?

El *Diccionario completo de los recursos cómicos*, es decir: una relación de *todos* los procedimientos para hacer reír, algo imposible de clasificar y de completar, pero una bonita ficción.

¿Tu opinión sobre la autoedición?

Hay que distinguir muy bien la autoedición de la coedición. La autoedición es perfectamente aceptable: pagas por publicar tu libro y la editorial funciona como una imprenta que te ofrece otros servicios, como corregir el texto, etc. La coedición, por el contrario, puede ser un engaño, pues la editorial te dice que arriesga la mitad de los costes y esto no suele ser cierto. Pero, como nunca he pensado recurrir a ninguna de las dos opciones, tampoco hablo con demasiado conocimiento de causa.

¿Tu primera orden sería una medida de gracia si un día llegases a presidente del gobierno?

Si yo me postulara para un puesto en el gobierno, mi primera promesa electoral sería mi propósito de dimitir a los cinco minutos de ser nombrado. El arte no se puede legislar. Cuanto menos interfieran los gobiernos, mejor. Lo único que tienen que hacer los gobiernos es poner el dinero para que los museos no se conviertan en salas de bingo y procurar que la cultura entre en las televisiones, que es en definitiva lo que el público ve. Sí obligaría a estas a que emitieran teatro y cine, como un bien de primera necesidad.

¿Tu serie televisiva favorita (incluyendo las de plataformas, si es que las usas)?

Es difícil elegir. Me gustó mucho «Boston Legal», pero no voy a olvidar «Star Trek» o «El show de Lucy».

¿Tus tendencias políticas?

Soy partidario del cambio, no sé si eso se puede llamar progresista. El cambio es un hecho inexorable: sucede aunque los conservadores no quieran. Si se cambia a peor, siempre se puede rectificar. Pero no cambiar, pretender que todo siga siendo igual que era antes, es un error, porque las situaciones cambian. Por ejemplo, si nuestra constitución no se puede cambiar muchas veces, con toda facilidad y siempre que sea preciso, no hacía falta escribirla, podíamos haber usado la de 1812. Conviene, pues, avanzar.

¿Tus vicios principales?

Poca empatía con las personas que no me interesan en especial. Puedo olvidar sus nombres con facilidad y desentenderme de sus problemas.

¿Tus virtudes?

Soy trabajador y honesto, no sé si algo más.

¿Tuviste abuela? Las malas lenguas lo dudan.

Tuve abuela: Carmen Sánchez Labajos, actriz, que tuvo que aguantar todas las infidelidades de mi abuelo, que no fueron pocas. Si no hubiera tenido abuela, la paternidad de mi madre por parte de mi abuelo habría tenido más mérito.

¿Un consejo para aquellos que sueñan con convertirse algún día en escritores?

Que escriban y que no cejen ante los primeros rechazos. Asimov publicó más de 400 libros y en sus *Memorias* se pasa todo el tiempo llorando y lamentándose de que las editoriales rechazaban sus manuscritos. Hay que ser constantes. Y, sobre todo, aprender el oficio. El talento solo no es suficiente. Hace falta leer mucho a buenos autores, para dominar la técnica.

¿Un consejo sobre la lectura?

La lectura es algo muy personal, pero aun así puedo dar varios consejos a los lectores, aunque siento no hacerlo en clave de humor, porque he dormido poco y estoy algo espeso. Un consejo es que relean: un libro que no se puede leer dos veces no merece la pena de ser leído ni una sola. Al cabo del tiempo, el libro ya conocido nos aporta muchas cosas nuevas. Un segundo consejo es que sean exhaustivos. Si un libro de un autor les gusta, deben buscar y leer todo de ese autor. Entre las obras menos famosas encontrarán perlas en el fango, libros iguales o mejores que el más famoso. Los antólogos no saben dónde tienen la mano derecha y nos dicen que *Fuenteovejuna* es la mejor obra de Lope de Vega y cosas así. Casi siempre se equivocan. No hay que leer lo que se nos dice, sino buscar con arreglo a nuestros criterios. Otro consejo es no leer demasiado lo actual sin conocer lo previo. La obra original y de calidad es rara y las posibilidades de que se haya publicado ayer son pocas. Conocer las novelas de Ruiz Zafón (es un ejemplo) y no haber leído nada de Dostoyevski es como afirmar que en música nos gusta el Chiquilicuatre y no sabemos quién fue Mozart.

¿Un método gracioso para exterminar a tus enemigos en un ratito?

Yo ya no tengo enemigos. La envidia que les ha provocado el que yo haya escrito tantos libros los ha matado a todos del disgusto.

¿Una frase de gran filósofo que te cause risa?

Aristóteles —tenido por gran sabio durante siglos— dijo que las mujeres tenían menos dientes que los hombres y no se molestó en abrirle la boca a la Sra. de Aristóteles para comprobarlo.

¿Usas incienso? Y si lo usas, ¿en cono o en varilla?

No lo uso. Tengo mucho, pues me gusta el olor, pero siempre me olvido de que lo tengo.

¿Usas para escribir algún ritual de concentración o algún ritual en absoluto?

No. No necesito concentrarme ni silencio ni un sitio especial ni nada. Puedo escribir en una cafetería llena de ruido o en un vagón de metro. Al contrario: cuando empiezo a escribir me olvido de las circunstancias exteriores: dejo de oír ruidos y no percibo incomodidades.

¿Vivir de la literatura es una utopía?

Es una posibilidad para muy pocas personas. Muchos de los que dicen vivir de la literatura no lo hacen de sus derechos de autor sobre sus libros, sino de actividades complementarias a su condición de escritor: conferencias, cursos de verano, apariciones aquí o allá. Así es que resulta difícil y tienes que pasar por penurias, pero eso no es nuevo. El mismo Lope de Vega tenía que humillarse y pedir ayuda a nobles protectores, porque los españoles no le pagaban lo suficiente por sus escritos como para que pudiera mantener a su familia con su pluma.

¿Qué te gustaría preguntarle a Dios si te lo encontraras?

Si me encontrara con Dios, le preguntaría por qué no demostró más claramente que existía. Porque las pruebas filosóficas de su existencia que los teólogos se tuvieron que inventar eran una chapuza tremenda.

www.ingramcontent.com/pod-product-compliance
Lightning Source LLC
Chambersburg PA
CBHW020559160726
47991CB00002B/786